論創海外ミステリ
307

もしも誰かを殺すなら

パトリック・レイン
赤星美樹［訳］

論創社

If I Should Murder

1945

by Patrick Laing

目次

主要登場人物

ジム・バーク……………リンデン事件裁判の陪審員。サウス・マウンテンにある山荘の所有者
エリオット・クロスビー……リンデン事件裁判の陪審員。地元の大学の社会学部教授
アンダーソン・トドハンター……リンデン事件裁判の陪審員。外科医
マーサ・ギングリッチ……リンデン事件裁判の陪審員。看護婦
ガートルード・ヘネシー……リンデン事件裁判の陪審員
アリス・ハーモン……リンデン事件裁判の陪審員
チェスター・ウィットルジー……リンデン事件裁判の陪審員
アーサー・コナント……リンデン事件裁判の陪審員。パトリック・レインの長年の友人
スティーブン・ゲイロード……リンデン事件裁判の陪審員。陪審員の中で最年少
ディアドリ・オハラ……リンデン事件裁判の陪審員だったティム・オハラの娘。パトリック・レインの隣人
ロバート・リンデン……地元新聞の記者。ジェームズ・フルトン殺害の容疑で有罪が確定し、死刑が執行された
エルサ・リンデン……ロバート・リンデンの妻
アーネスト・カルザース……ロバート・リンデン被告の弁護人であり友人
ジェームズ・フルトン……名の知られた大富豪の慈善家。故人
ウィリアム・ハルジー……ジェームズ・フルトンの従弟
パトリック・レイン……盲目の犯罪心理学者

もしも誰かを殺すなら

恐ろしいほど趣味の悪い話だが、若き新聞記者ロバート・リンデンを死に至らせた陪審員たちは、自らの下した評決を記念して、年に一度、顔を合わせている。「集まるたびに」と、死刑の判断に前向きでなかった二人の陪審員のうちの一人は心の内を明かす。「何かしら良からぬことが起こるんじゃないかと嫌な予感に襲われるんだよ」

五回目の再会の集いが人里離れた山荘で開かれたとき、まさしく良からぬことが起こる。もしも誰かを殺すと決めたらこんな凶器を使う、と豪語していた陪審員の一人が、他でもないその凶器によって撲殺されるのだ。

この集いに講演者として招かれていた盲目の犯罪心理学者パトリック・レインにとっては、まさにお手のものの事件である。

次々と作品を世に送り続けているミステリ作家が、レイン本人となって語る、鮮やかな展開のフーダニットです。

第一章

「この呪われたリンデン事件裁判の陪審員たちが、年に一度の内輪の集会で顔を合わせるたび」と、アーサー・コナントは言った。「何かしら良からぬことが起こるんじゃないかと嫌な予感に襲われるんだよ。だって、まるで神を挑発してるみたいじゃないか。いつか、神が挑戦を受けて立とうとするかもしれないよ」

コナントの運転する車の助手席で、轍《わだち》のほとんどない山道の雪を車輪がザクザクと貪《むさぼ》るように砕く音を聞きながら、わたしも同じことを考えていた。それにしても、コナントの口からそんな思いを聞くとは少々驚きだった。彼自身もその陪審員の一人で、しかも、五年目を記念する集会へと向かう途中だったのだから。さらには、集会での講演を依頼されたわたし、すなわちパトリック・レインを、その開催場所へ連れていこうとしているところだったというのに。

「ときどき考えるんだよ、他のみんなも同じような思いなんじゃないかって」しばし間を置き、コナントは続けた。「だから毎回、警察関係者やら犯罪の専門家やらをこの集まりに招いて講演してもらってるんじゃないかな——第三者に守ってもらいたい、そんな気持ちで」

「今回はわたしを招いているんだから、それが理由とは考えにくい」と、わたしは返事した。「ほとんど守ってあげられない」わたしは目が見えない。そのあと、こう問いかけた。彼は何と答えるだろうか、と。「それにしても、これだけ年月が経ったというのに、なぜ君はいまだに、良からぬことが起こるかもしれないと思うんだい？　もう五年だ。ジェームズ・フルトン殺害事件でロバート・リンデンの有罪が確定してから」

「そうだね」コナントは素直に認めた。「でも、刑が執行されたとき、彼には奥さんもいたし友人も大勢いて、全員が無実を確信していたよね。もしかしたら、いつか……」

するとと彼は、自ら話題を変えた。「この状況を考えてくれよ、パット（パトリックの愛称）。僕らはここ一〇年で国じゅうをもっとも騒がせた殺人事件の裁判の陪審員だった。そんな僕らがいったい何をしてる？　一人の人間への死刑宣告の一端を担ったと舞い上がるばかりに、評決を下した日を記念する集会を年に一度開いて『犯罪学および警察の犯罪捜査の最前線について討議する』ことに決めました、だとさ。何が犯罪学だ！」コナントは自分自身を、そしてこの状況を嘲《あざけ》って苦々しい笑い声をたてた。「こうして、再会の集いをくり返し開く本当の理由を教えようか。生まれてこのかた人から注目されたこともなければ、おそらくこれから先も二度と注目されないに違いない、梲《うだつ》の上がらない少数の人間が、パッと輝いた一瞬を思い返して悦に入るためだよ。クロスビー教授やトドハンター先生や、あの最低のハーモンおばさんが、刑罰という手段で自ら手を下して人を殺《あや》めたサディスティックな快楽を何度も味わいたいからなんだ。そして――」

コナントがいつもの鬱々《うつうつ》とした気分にまたも襲われていると気づいたわたしは、彼の話を断ち切り、以前から胸に引っかかっていた質問を投げかけた。

「なぜ君は参加するんだい？」わたしは言った。「強制されているわけじゃないだろう」

しばらくコナントは無言だった。感情を自分の中で整理してから説明しようとしていたのだ。

「たぶん」ややあって、彼は口を開いた。「リンデン記者は本当に罪を犯したんだと、他のみんなに安心させてもらいたいんだと思う。もし参加しなかったら、自分のしたことはまちがっていたんじゃないかと、きっと僕は……ああ、パット、何もかも忘れたいよ！　あの男は本当に罪を犯したんだよね」

　わたしに意見を請うているわけでも、ましてや、わたしが断言したところで心の安らぎを得てくれるわけでもないとわかっていたわたしは、相手の求めている答えを返した。

「実際の話」と、わたしは言った。「リンデン記者はフルトンの隠し金庫から消えた五〇〇〇ドルを持っていた。事件当日の朝に五〇〇〇ドルを紙幣でフルトンに渡した銀行の窓口係が通し番号を確認して、同じ紙幣だと証言した。加えて、その金は不都合な真実を記事にしない代わりにフルトンからもらったものだったというリンデン記者の供述は信憑性に乏しかった。さらには、発砲直後にフルトンの屋敷の敷地から出てゆく男を目撃し、リンデンだったと断言したハルジーの証言は信用に足り、被告人側はそれを覆せなかった」

「だとしたって」コナントは引き下がらなかった。ときとして自分の切なる望みと逆のことを敢えて主張してしまう、人間の屈折した奇癖だった。「リンデン記者の供述に嘘はなく、裁判では明かされなかった事実があったと確信している人も大勢いた」

「注目の殺人事件裁判となると、そういう人たちが現れるものだ」わたしは皮肉っぽい口調で言った。「責任は新聞社にあるね。読者の興味を掻きたてて発行部数を伸ばそうとするのが彼らのやり方だ」

しかし、リンデン事件裁判の場合はそれだけが理由でなかったのを、わたしはわかっていた。父親がやはり、この裁判の陪審員だった、わたしの近所に住むかわいい友人ディアドリ・オハラから伝え聞く内容を頼りに、わたしは裁判の進展を具《つぶさ》に追っていた。裕福な慈善家ジェームズ・フルトン殺害事件の犯人は若き新聞記者ロバート・リンデンか否か、当時、世論はほぼ二分していた。市民の半数は、被害者の従弟《いとこ》で検察側のもっとも重要な証人だったウィリアム・ハルジーの証言を迷うことなく受け入れた。発砲直後にフルトンの屋敷の敷地から逃亡する男を目撃したと事件当日に主張したハルジーは、その男をリンデンだったと断言した。一方で、それ以外の市民は、リンデン記者の弁護人であり親友でもあったアーネスト・カルザースの主張を信じ、そもそも逃亡した男の話はハルジーが自分に容疑がかからぬよう、でっち上げたのではないかと考えた。というのも、ハルジーはフルトンの唯一の遺産相続人だったが、名前を外されるのを恐れていたのはよく知られた話だったのである。

リンデン記者の主張は極めて単純だった——検察側が論告の際に指摘したとおり、全市民が信じるには単純すぎた。事件の一カ月ほど前、リンデン記者は勤務する新聞社で、地元の名立たる有力者の特集記事の連載を担当することになった。その中の一人が人望を集める慈善家ジェームズ・フルトンだった。フルトンについて取材を進めるなかで、リンデン記者は思いがけず、ある事実に直面する。もし公になれば、フルトンが周到に築き上げてきた、社会に貢献する慈善活動家のイメージは永久に崩れ、実は彼は、手を差し伸べているように見せかけてきた階級を喰い物にして私腹を肥やしていた節操のない守銭奴だったのだと化けの皮が剝《は》がされてしまうに違いなかった。

ところが、リンデン記者は取材で得た情報を記事にせず、それらの資料を携えフルトンに直接会いに行く。大富豪は自分の置かれた立場を知るや、五〇〇〇ドルと引き換えにそうした内容を葬ってはもらえまいかと、その場で提案する。薄給だったリンデン記者は楽な儲け話に目が眩《くら》み、賄賂を受け取ることにした。

翌日、約束の時間にフルトンの屋敷を再び訪れたリンデン記者は、記事を書くために収集した証拠の文書を手渡し、見返りに、フルトンがその日の朝、銀行から引き出してきたばかりの五〇〇〇ドルを紙幣で受け取った。フルトン殺害に関与したなどとんでもない、自分が去るときフルトンはピンピンしていた、とリンデンは自らの供述を曲げなかった。そして、その金を持っていることを素直に認めた事実は、自分の主張の裏付けに他ならないと訴えた。

最後の点には説得力があったものの、充分とは言えなかった。強請《ゆすり》ではなかったにせよ、口止め料を受け取ったことを自白したために、被告人は有罪となった。だが、嫌がらせとしか言いようがないが、裁判所は、そうした口止め料がそもそもなぜ支払われたのかについては、詳細な理由を明らかにする証拠の提出をリンデン記者にも弁護士にも認め〔原注1〕なかった。加えて、リンデン記者には数年前に微罪とは言え逮捕歴があることを検察が公表した。一方で、彼が殺害したとされる男のほうは、町の有力者かつ前科などない人物だった。陪審員たちはこの点だけを心に留め、審理されているのは過去の微罪でもなければ今回の微罪でもなく殺人罪であること、被告人の訴えには彼自身の命が懸っていることをまったく意に介さなかった。

しかし、そうした状況下でも、判断を一日半以上も下せなかった陪審員が二人いた。とは言え、二人の理由は正反対だった。一人はわたしの友人コナントで、検察側の示した証拠ではリンデン記者の主張の反証には不充分だと感じ、使い古された法諺《ほうげん》〝疑わしきは罰せず〟に愚直なまでにこだわって、無罪に票を入れた。もう一人は看護婦のミス・マーサ・ギングリッチで、処するべきは終身刑と判断した。情け心からではなかった。のちの本人の弁によれば、あっという間のあの世行きは刑罰としては軽すぎると思ったのだった。だが最終的に、コナントは一〇人を敵に回すことに神経が参ってしまい、ギングリッチ看護婦のほうは息苦しい陪審員室に缶詰めにされ続けることに辟《へき》易《えき》して、他の陪審員の判断に同調してしまう。評決がこんなふうに下されるのは日常茶飯事である。

陪審員たちがぞろぞろと陪審員席に戻ってきて、評決が声高らかに陪審員長から伝えられるや、その場に居た人たちは、脳裏から生涯消えることがないであろう衝撃的な場面に出くわす。一連の裁判から片時も目を離さずにきた被告人の年若き妻が、耳をつんざく金切り声をあげたのだ。そして、裁判所の職員が駆け寄る間もなく立ち上がり、陪審員たちを正面に据えた。

「あなたたちは罪のない男を殺めようとしているのよ！」彼女は泣き叫んだ。「この報いは必ずや受けることになるでしょう。人間の力の及ばない裁きを見くびってはいけない。今日のこの行ないによって、あなたたちには天罰が下る――あなたたち一人ひとりに！」

場が騒然となった様子は想像に難くないだろう。裁判官は静粛を求め小槌《ギャベル》を打ち、被告人の妻に退廷を警告する一方で、被告人の弁護人アーネスト・カルザースは半狂乱になった彼女をどうにか落ち着かせ、部屋の外へ連れ出した。

　この騒動に新聞各社は飛びつき、「ミセス・リンデンの呪い」などと紙面にありがちな見出しを打ったが、新聞社も世間も新たな刺激を求めるなかで、このことはやがて忘れ去られた。

　しかし、エルサ・リンデンは忘れるはずもなかった。

　ロバート・リンデンは再審請求も虚《むな》しく、一年後、宣告に従い、刑に処された。同時に、評決が下された日からも一年が経ち、裁判が終了したときに計画したとおり、陪審員たちの再会の集いが初めて開かれた。

　町一番の大きなホテルの宴会場を貸し切り、地元新聞各社の代表者を呼び、また、検察側の証人として一躍脚光を浴びたウィリアム・ハルジーを講演者として招き、会は催された。祝杯が挙げられ、贅沢な食事がふるまわれ、司会進行役である、陪審員から持ち回りで選ばれた幹事が、〝今宵の招待講演者〟を滑稽なほど厳《いか》めしい態度で紹介した。

　ハルジーが立ち上がって講演を始めようとしたそのとき、貸し切りの宴会場の扉が開き、敷居のところに現れたのはリンデン記者の妻だった。裁判所で見せたような派手な抗議をするつもりだろうと、出席者の半数が瞬時に跳び上がった。しかし、それについては肩透かしを喰った。彼女はその場所で微動だにせず、出席者一人ひとりの顔を順繰りに一秒ずつ、非難の眼差しで見つめただけだったのだ。そうして一言も発さずに扉を閉め、立ち去った。

　しかし、この無言の非難の効果は絶大だった。のちにコナントが話してくれたのだが、心の内で悶《もだ》え苦しまなかった出席者はいなかった。普段は饒舌《じょうぜつ》なハルジーでさえ、ひどく動揺し、講演を続けることができなくなった。陪審員の一人フィリップ・グリーンは椅子を後ろに押しやると、こんな集会、金輪際参加するものか、と言い残し、宴会場をあとにした。そして、この誓いはその後も守られ続けた。

二年目もほぼ同じことが起こった。このときは、おもしろい記事を書くためにリンデン記者の妻の登場を暗に良しとしているのではないかと新聞記者に批判の矛先が向き、そういうわけで、それ以降の会は、陪審員たち――ミスター・グリーンを除く――と一人の招待講演者のみで開かれることになった。それでも、リンデン記者の妻は現れた。三年目も、四年目も。三年目はホテルの従業員に金を渡し、四年目は自ら臨時の給仕係として雇われて。そして、いずれのときも、まったく声を発さなかった。ただ無言で、陪審員一人ひとりに非難の眼差しを順繰りに向けたあと、立ち去ったのだった。

このうちの少なくとも二回は、被告人の弁護人だったカルザースの手を借りて成功させている気配があったが、たとえそうだったとしても証拠はなかった。カルザース弁護士にしてもリンデン記者の妻にしても、それを肯定もしなければ否定もしなかった。

あらゆる手段を講じて防ごうとしたにもかかわらず四年連続で彼女がみごとに姿を見せると、陪審員の中で最年少だったスティーブン・ゲイロードが、もう集まるのをやめないか、と言いだした。しかし、残りの八人に説き伏せられてしまう（陪審員のうち二人――一人はディアドリの父親ティム・オハラ――はそのあいだに死去し、一二人目は宣言どおりあれから出席していなかったグリーン）。すると、幹事だった巨漢のジム・バークが、次の集会はせっかくのご馳走をバンクォー（シェイクスピア『マクベス』参照。殺害され、亡霊となってマクベスの前に現れる武将）の亡霊の代理人に台無しにされない場所で開催する、それでもうまくいかなかったら永遠にやめると誓いを立てた。彼は、五回目の集いを、自分の所有する人里離れた山荘で週末に泊りがけで催さないかと提案し、招いた客以外は入れないよう責任をもつと約束した。最終的に、地元の小さな大学で異常心理学分野の助手（assistant professor。現在の助教。「訳者あとがき」参照）をしている以外は犯罪心理学者として名が知られているわけでもないわたしに、講演者として白羽の矢が立った。

　何から何まで趣味に合わなかったため、最初は招待を断った。しかし、本人は思いも寄らないだろうが、わたしが好意を寄せずにいられないディアドリ・オハラがやってきて、考え直してほしいと懇願した。

「あなたも一緒に行ってくれたら嬉しいんだけどな、パディ（パトリックの愛称）」彼女は言った。「今年は父さんの代わりにわたしが招待されて、それで行くことにしたの。気は変わりそうにないの？」

　そんなわけで、目を配ってくれる（もちろん比喩だ）人間もいないなかデリー（ディアドリの愛称）・オハラがそうした場に足を踏み入れるのはどうにも気が重く、そして、この娘《こ》が弾むような声で懸命に懇願してきたとなれば内容はどうあれ撥《は》ねつけるのはまず不可能だったため、わたしは考え直すことにした。こうした経緯で、一月半ばのこの日、正午をかなり回ってから、付き添いと誘導役を引き受けてくれたコナントとともに、わたしはペンシルバニア州のサウス・マウンテンにあるジム・バーク所有の洒落《しゃれ》た造りの狩猟小屋へと向かったのだった。

　あれこれ考えに耽《ふけ》っていると、突然、コナントの声が割り込んできた。

「今年の集会が」と、彼は話し始めた。「これまでと少し違うのには理由がある。ハルジーのことがあって、リンデン事件の裁判がまたも世間の注目を浴びているよね。もう聞いたと思うけど、二日前にハルジーが死んだからね。証言台であの男は自分の知っていることをすっかり話したわけじゃないというのが本当で、今際《いまわ》の際《きわ》で何か告白した、なんてことになってたら……」

コナントは言葉を結ばないままハンドルを右に切った。ザクザクと車輪が雪を砕いていた音が、除雪された砂利道の私道の上をタイヤが転がるパラパラという高い調子の音へと変わり、やがて車は停止した。

「さあ、到着したよ」コナントが声高に言った。彼は車を降りると助手席側に回り込んで、わたしが降りるのに手を貸してくれた。

夕暮れが近づくなか、冷たい空気がチクチクと肌を刺した。このあと必ずさらに雪が降る、そんな空気だった。コナントに導かれて階段を五段上り、山荘の玄関ポーチまで来ると、扉の開く音がして、わたしたちを歓迎する男性の声が轟《とどろ》いた。

「やあ、コナント！　耳が凍っちまう前に中へ入りなさい。こちらがレイン先生でまちがいないね？」

「そうです」コナントは答えた。それから、わたしに向かって、「この山荘の主人のジム・バークさんだよ、パット」と言った。

「お目にかかれて光栄ですよ、先生」とバークは言い、わたしたちは握手を交わした。彼の手はその声と同様、大きく、ずっしりしていた。

バークの先導で、わたしたちは肌を刺す冷気の中から、彼がラウンジと呼ぶ、ありがたい温もりの中へと移動した。いかにも広々した空間を感じる部屋で、ヒマラヤスギの羽目板と古い皮革のにおいがした。左のほうから、覆いのない暖炉の中で火が燃えるパチパチという心地よい音とぺちゃくちゃ男女のお喋《しゃべ》りが聞こえてきた。

「陪審員たちをご紹介しますよ。まだ全員揃っちゃいませんがね」分厚い外套を脱ごうとしているコナントとわたしに手を貸しながら、バークはどら声で陽気に言った。彼が吠えるように一声放つと、部屋の端で止まらなかったお喋りが掻き消された。「紳士淑女のみなさん方、今回の主賓、パトリック・レイン先生のお出ましだ」

これといった理由はなかったが、どことなく笑い物にされている気分になる紹介の仕方だった。わたしは左手をコナントの肩の上に載せて歩み出ると、他の招待客たちに挨拶した。彼らが興味津々でわたしを観察している視線を感じた。自分たちをもてなすために新しく用意された奇抜な演芸の担い手の一人とでも思っているように。

そこに居たのは五人、女性二人と男性三人だった。この物語には非常に多くの人物が登場するので、一人ひとりの人物像を摑《つか》んでいただくために、まずはこの五人について説明しよう。

女性陣はハーモン女史とミセス・ヘネシー。ハーモン女史はすべてにおいて長さに欠ける女性だった――背が低く、すぐに息が切れ、さらには、のちにわかってくるのだが、自分と違うあらゆる意見に対する忍耐力も欠けていた。ミセス・ヘネシーのほうは小柄で落ち着きがなく、齢《よわい》四〇代半ばと踏んだのだが、あたかも一六歳の小娘のようにヘラヘラしていた。鉤爪《かぎづめ》を思わせるカサカサした小さな指で、近くにある物、もしくは人にオナモミの実のようにくっついた。

男性については、さらに三人三様だった。一人目はエリオット・クロスビー教授。わたしが教鞭を執る大学の社会学部長だったので、以前からまったく知らなかったわけではなかった。法廷では陪審員の中でも特に、被告人側の大きな希望だったのだが、自らの影響力にのぼせ上がっていた彼は、社会類型と社会全体における個人の非重要性についての学説をまくしたて、ジム・バークとアンダーソン・トドハンター医師とともに評決を有罪判決につなげた中心人物だった。

トドハンター医師もすでに到着していた一人だった。裁判のときは無名の外科医といったところだったが、それ以降、医師としての評判が鰻《うなぎ》上りに上昇した。裁判のみならず、その半年後、死刑執行後のロバート・リンデンの死体解剖への参加申請が許可され注目を集めたことが、少なくとも理由の一つだったのはまちがいなかった。冷淡で抜け目のない性格と、そうした性格が表れた声の持ち主で、あたかも自分自身の扱う外科用器具のようだった。

三人目のミスター・チェスター・ウィットルジーは引っ込み思案で頭の古いおチビさんで、いつでも鼻をすすっていた。みなさんよりも劣っていることは承知しています、といった雰囲気を纏《まと》い、声に出さずとも常に自分の存在を周囲に詫《わ》びているように思えた。

「寝室に案内しよう」紹介が一通り終わると、バークがコナントとわたしに言った。「悪いが、二人一緒の部屋に詰め込ませてもらうよ。少々混み合ってるもんでね。あとで、この山小屋の管理人のダニエルズが車の中から荷物を運んでくれる」

バークはわたしたちを従えて階段を上りながら、話を続けた。「まったくもって、ざっくばらんな集まりなもんでね、ダニエルズが料理して男性陣の面倒を見る、そして、オハラ嬢が連れてきてくれた家政婦に女性陣の世話は焼いてもらうって寸法だ。余所者《よそもの》が少ないに越したことはないんでね。リンデンの女房が集会場所を嗅ぎつけてやってくる危険が減るってわけだ」そのあと彼は、こうつけ加えた。「あの女が、またあんなことをしでかそうってなら、あたしは地獄に堕ちたほうがましってもんだよ」

バークが行ってしまうと、山荘に大挙して客がやってきたことが気に食わないらしい愛想のない管理人が運んできた荷物を解《ほど》き、そうして、わたしたちは再びラウンジへ向かった。二階の廊下を階段の下り口のほうへ進んでいると、閉ざされた扉のどれか一つの向こうからデリー・オハラの声が聞こえてきた。

「いいえ、エルサ、わざわざディナー用のドレスなんか出さなくてもいいわよ。たぶん――」

家政婦へのたわいない指示の一部が聞こえたにすぎなかったが、わたしは思わず足を止めそうになった。

「アーサー、リンデン記者の奥さんの洗礼名は何だい？」わたしは立ち止まらずに訊ねた。

「ええ！　知らないなあ」コナントは言った。「どうして？」

「絶対とは言えないが」わたしは答えた。「この山荘の主人は地獄に堕ちることになるかもしれない」

デリーの家に出入りしていた家政婦の名は、わたしの知る限りユーニスだったのだ。

［原注1］この証拠とは、フルトンについての新聞記事の準備段階でリンデン記者が発見した資料に関するものだった。検察はそれらの証拠について、本筋から外れており取るに足らないという理由で無効とするよう求めた。殺人とは直接関係がなく被告人の供述以外に実体がないと主張したのだった。リンデン記者によれば、彼は五〇〇〇ドルを受け取った際にそれらの物的証拠をすべてフルトンに渡してしまっていた。

第二章

ラウンジに戻ると、そのあいだに残りの客も到着していた。先述の看護婦のミス・ギングリッチと年若いスティーブン・ゲイロードである。

ギングリッチ看護婦は迫力のある声の持ち主だった。男っぽいというのとは違い、勤務中は洗濯糊を効かせていなくても看護服がパリッと見えそうなタイプだった。手際の良さを全身から醸し出し、一方で、一般の人が女性の特徴と結びつけがちな優しさや思いやりとは縁遠いように思われた。

ゲイロードについては、デリーを通じて一、二度会ったことがあった。気のいい青年で、実際は二八、九歳だったろうが少々子どもっぽいところがあり、ずいぶん若く感じられた。おそらく、こうした人柄に加え、その人柄がデリーの目にはとりわけ魅力的に映っていたせいだろう、わたしはこの青年を好きになれずにいた。そうでなければ好きだったに違いないが。異性にとって少しばかり魅力的すぎる同性に胡散臭さを感じるのは、女性ばかりでないのだ。

ギングリッチ看護婦を紹介され、ゲイロードと握手を交わして間もなく、春の雨に濡れた菫《すみれ》のような芳《かぐわ》しい香りとともに、デリーが階段を下りてきた。それから数分ほどして、陰気なダニエルズが夕食の用意ができたことをぶっきら棒に伝えに来たので、わたしたちはみな食堂へ移動した。

何がきっかけだったのかは記憶にない——この手の人の集まりでは、そういうものだろう——のだが、デザートとコーヒーが出されるころになると、話題は殺人になっていて、クロスビー教授が滔々《とうとう》と弁じ始めた。

「いわゆる文明をどれだけ声高に叫んだところで」彼は言った。「この程度の文明下では、人類はなお未開状態から僅《わず》かに一歩抜け出したにすぎないと言わざるをえない。われわれ人間には、一生のうちの必ずやどこかで、人を殺《あや》める機会が訪れるというのがわたしの主張だ。人間は生まれながらにして殺人者なのだよ。それは、われわれの始祖が、個人としてであれ民族としてであれ、自らの存続を死守するために他人の命を奪わざるをえなかった先史時代に育まれた民族的本能に他ならない。かなり大胆な言い方をさせていただくなら、人間はかつても今も、捕食性の野獣と何ら変わらない。今日《こんにち》われわれが人を殺める理由は、祖先のそれとは異なるかもしれないが、命を奪いたいという本能は同じだ。唯一われわれが未開人と違うのは、その動機と手段である」

「そして、わたしたちが選択する手段には」医師のトドハンターが合図《キュー》を出された俳優よろしく口を挟んだ。「わたしたちが嬉々として近代文明と呼んでいる薄板をどれだけ積み重ねてきたかが表れるのです。例えば、月並みの暴漢なら発砲や頭部の殴打といった手段で、想像力も働かせず野蛮に人を殺す。一方で、高等教育を受けた人は、より巧妙な手段を用います——毒、あるいは犯行現場にいなくても済むような工夫を凝らした方法を選択するのです。つまり、みなさんお馴染みの現場不在証明《アリバイ》が成立するわけです」

ハーモン女史が食卓の反対側から声をあげた。

「あら、そうかしら」自信に溢れた大きな声だった。「本当に賢い人だったら、きっと特殊な方法は避けますわ。簡単に足が付くとわかるはずですもの。みなさんもご存じのとおり、ド・クインシー（トマス・ド・クインシー。一七八五〜一八五九。英国の随筆家、批評家）は『芸術としての殺人について』（Thomas De Quincey, "Essay on Murder Considered as One of the Fine Arts" 1827）の中で、ありきたりの斧や肉切り包丁ならば——」

「でも、ド・クインシーが述べていたのは低俗な種類の人たちの殺人ですよね」看護婦のミス・ギングリッチがハーモン女史の主張の腰を折った。「たしかに、ありきたりの野蛮な殺し方は追跡が一番難しいとは書いてありましたけど——」

「ええ、仰《おっしゃ》るとおりですわ」ハーモン女史はギングリッチ看護婦を黙らせた。「その種の方法がもっとも足が付かないんです。なぜって、誰にでも可能な方法ですからね、誰の仕業だか特定ができないわけ。まさにそういう理由で、男にせよ女にせよ本当に賢い人なら、殺人を目論むとき、そのような手段を選ぶはずだとあたくしは申しているんです。レイン先生はいかがお考えかしら?」

　球がこちらに飛んできませんようにと願っていたのだが、飛んできてしまったからには最善を尽くして対処するしかなかった。

「これは」と、わたしは言った。「個人の気質の問題ですから、そうした観点で一般化することはできないと思います。それはともかく、この話題は何とも悍《おぞ》ましくありませんか」わたしは最後に、つけ加えた。隣に座っていたデリーが、自分では気づいていなかっただろうが体を震わせているのを感じたのだ。

「そんなことありませんわよ」ハーモン女史が言い返してきた。わたしが暗に批判にしていると憤慨したのか、その声には敵意が表れていた。「あたくしたち、犯罪について論じる目的でこうした会合をもっているんですのよ。まさに目的に適《かな》った話題ですわ」

ミセス・ヘネシーがヒャッヒャッと甲高い笑い声をあげた。まるで緩んだ針金が声帯に絡まって調子っぱずれになったかのようだった。

「いいこと考えた！」はしゃいだ声で彼女は言った。「自分ならどうやって人を殺すか、一人ずつ言っていきましょうよ！　それでもって、どっちの考えが正しいか確かめるの。トドハンター先生か、それともアリス、あなたか」

このとんでもない提案に、一瞬、静寂が走り、そのなかで押し殺したような喘《あえ》ぎも一、二カ所からあがった。自由な思想をもつ参加者にとってさえ、この提案は少々衝撃的だったのではないだろうか。すると、クロスビー教授が口を開いた。

「ミセス・ヘネシー」学者然とした物言いだった。「あなたの発案した実験は、疑いの余地なく興味深い。ただし、信頼性の高い結論を導き出すには、被験者がわれわれのみでは充分な人数からは程遠い。この種の調査において何らかの意義を見出すのであれば、最低でも――」

「学問になんぞ、こだわる必要はなかろうよ、クロスビー」ジム・バークが割って入った。「とんでもなくおもしろい思いつきじゃないか。何にせよ、これだけ人がいりゃ、大まかなところがわかるだろう。誰から始めるかい？　トドハンター先生、どうだね」

「いいでしょう」トドハンター医師は拒まなかった。数秒ほどの間を置き、きっと患者に診断を伝えるときはこんなふうなのだろうと思わせる声で、彼は自分の考えを述べた。

「もしも誰かを殺すとしたら、殺害方法が見極められずに、わたしの仕業だと突き止めることのできない方法を選びますね。まず、弱めの麻酔薬を使用し相手の意識を失わせる。そのあと、頭蓋底部に空《から》の注射器の針を刺し、奥まで押し込みます。針が脳に達すると不随意神経系が麻痺し、ほぼ瞬間的に死に至るのです。出血はありません。あったとしてもせいぜい一滴なので、容易に拭き取りが可能です。傷口は小さく、気づかれることはないでしょう。髪の毛が隠してくれますから。兆候が見られたとしても自然死の場合と同じなので、精密な検死、いや、通常の解剖すら、必要という話にはならないはずです。敢えて言わせていただきましょう。わたしの殺害方法であれば、一〇〇パーセント見抜かれない」

「何てこった！　病気になっても先生の世話にはなりたくないねえ。先生から恨みを買ってないとも限らんからな！」バークが声を張りあげた。「さて、上等な脳ミソの持ち主は脳ミソを使って殺すっていう先生自身の説に一点入ったわけだ――いやあ、シャレじゃないよ」思いがけず、うまいことを言ってしまい、彼はクックッと笑った。「では、お次はどなたかな。ハーモン女史、反対意見の代表として行ってみるかい？」

「あたくしならナイフを使いますわ」ハーモン女史は即座に答えた。「ナイフの傷でしたら犯人を特定できませんでしょ。それに、そういう殺し方をすれば、女性が疑われることはまずありませんもの。あたくしたち女性は、血を見ただけで縮みあがるものと思われていますからね」

「でも、小説とか歴史の本に出てくる中南米の女性はどうなんだ？」スティーブン・ゲイロードが悪戯《いたずら》っぽく言った。

ハーモン女史は鼻で笑った。

「あれは、よそのお国のお話」見下すような調子で、ハーモン女史は外国人の例を切り捨てた。

クロスビー教授が乾いた声でカラカラと笑い、こう述べ始めた。

「さて、ここで、国民と人種という要素が出てきたが、ハーモン女史の主張は極めて正しい。特定の国家に所属している民は同胞を……え、ええ、排除するさい、特定の方法を好むように思われる。統計によれば――」

「統計なんぞ、どうでもいい」バークがクロスビー教授の発言を妨げた。「教授自身のお気に入りの方法を聴かせてもらおうじゃないか」

「ああ、いいだろう」クロスビー教授はまず咳払いし、それから話を続けた。「理論的には、個々の知性および教育のレベルが殺害方法の本質を特徴づけるとするトドハンター医師の主張に賛成するが、一方で、個人的にはハーモン女史に一票を投じよう。もしも誰かを殺すとしたら、わたしなら自分の……え、ええ、知的レベルの特徴とは異なる手段を意図的に選ぶだろう。ハーモン女史による鋭い指摘のように、まさしく状況から判断した場合に疑いの目がわたしに向かないような」

彼はいったん口を閉じると、また咳払いし、そのあと、大学の講義といった調子で先を続けた。

「社会学の研究において最近わたしが注目しているのは、暗黒街で石鹸殺人と呼ばれている殺害方法だ。ごく普通の石鹸を一つ、靴下のつま先に入れたり、あるいは一枚の布に包んで固く縛ったりしてできた稚拙な凶器で相手の耳の後ろを強打する。狙いどころが良ければ即死だ。凶器も、凶器を扱った人間も、辿《たど》るのは絶対的に不可能である。この方法が広く使用されているのは……」

デリーが椅子の上でそわそわと体を動かし始めた。

「来なきゃ良かったって気分だわ、パディ」だらだらと話し続ける教授の声に紛れて、デリーはわたしに囁《ささや》いた。「最初はもっと楽しい集会かと思ってたけど、違ったわね。何から何まで本当に……ひどいわ」

「耳を塞《ふさ》いでいるといい」わたしは囁き返した。「まるで残虐趣味の集団だな。こんな惨《むご》たらしい会話は何とか終わりにしてもらおう」

だが、それは口で言うほど容易《たやす》くなかった。食卓に注意を戻すと、「石鹸殺人」という名の紳士的技法についてのクロスビー教授の論述は終わっており、次はギングリッチ看護婦の番になっていた。

「わたしはドクター・トドハンターが仰ったように」と、彼女が言い始めたところだった。「犯罪者が知的であればあるほど手段も知的になるという考え方に賛成です。ドクターは自然死に見える方法を犯行に用いると仰いましたけど、わたしなら自殺に見せかけますね。衝撃を与えて気絶させるか、もしくは薬物を使って相手の意識を失わせたあと、車に閉じ込めてエンジンを掛けっ放しにしておくんです。こうした一酸化炭素中毒死は、みなさんもご存じのとおり、自殺のもっとも一般的な方法ですから」

「だが、最初に頭を殴られてたり薬を飲まされてたりしていたことがわかったら、計画はおじゃんだろうが」バークが指摘した。「あたしはレインさんの意見に賛成だ。仕事のやり方は本人のオツムの中で車輪がどんなふうに回ってるかによって大きく違うと思うね。二つの線路のどっちの側の上で生まれたかってだけじゃなくて。あたしは有識者会議に呼ばれたことはないが、かといって、まったくの無学ってわけでもない。だとしても、目の前じゃ何も起こらん、なんていう実感の湧かない方法にゃ満足できんね。やっぱり未開の民ってことかね。だいたい殺したいほど憎いヤツなんだったら、面と向かって、これからお前をこの手で殺すとわからせて清々したいじゃないか。あたしだったら首を絞めるね」

「うわあ！」デリーがぶるりと身震いした。「あの大きな手だもの、成功まちがいなしね」

食卓の片側で、わたしは手探りして彼女の小さな手に触れた。氷のように冷たかった。

「度を越えているな！」語気を荒らげて、わたしは言った。憤慨は募る一方だった。「ラウンジに行こう、デリー。こんな残忍な会話はこの人たちだけで完結させればいい」

だが、デリーは、うんと言わなかった。予想はついていたが。

「いいえ、パディ、大丈夫」負けん気いっぱいに彼女は言った。いかにも彼女らしく。「なんとか頑張ってみる。あの偉ぶったハーモンおばさんに意気地なしと言われるのはごめんだもの」

ここぞとデリーとやりとりしているあいだの食卓での会話は聞き逃したが、気がつくと、きっと誰かに促されたのだろう、しょっちゅう鼻をすすっているチビのウィットルジーが答えようとしているところだった。

「あたしですか？　そりゃ困りましたな！　（鼻をすする）どうすりゃいいか、あたしになんぞ皆目見当もつきませんぞ！　ですが、どうしても誰かを殺さなきゃならんってなら（鼻をすする）、き、きっとピストルを買ってきて、一発撃って、それでさっさとおしまいにしますかねえ（さらに激しく鼻をする）」

どことなくおもしろがるようなざわめきが食卓に広がった。

トドハンター医師が、丁寧ながらも蔑《さげす》むような口調で言った。「あなたがどちらの部類に属するか、すぐにわかりますね、ミスター・ウィットルジー。次はゲイロード君、君の番ですよ。君の殺《や》り方は？」

スティーブン・ゲイロードはすぐには答えなかった。いきなり話を振られ、激しい戸惑いを覚えたようだった。

「ああ、俺かあ！」ややあって、彼は重い口を開いた。「同じ人間を殺したくなるなんて、俺には想像できないな。だから……まあ、そんなわけで、方法も思いつかない。コナントさんにパスだ」

ミセス・ヘネシーがまたも甲高い声でヒャッヒャッと笑った。

「ゲイロードさんったら、安全策を取ったわけね」甲高い笑い声は媚びるような忍び笑いに変わった。「方法を前もって言っちゃって、いざ誰かを殺すって段になったとき自分の仕業だとばれるってことのないようにって魂胆ね。図星でしょ、ゲイロードさん」

「そうかもな」ゲイロードは相手に気を遣うように声を出して笑い、そのあと、こうつけ加えた。「っていうより、俺には、他のみんなみたいな想像力がないんだろうな」

最後の一言は、もはや誰も聞いていなかった。

「じゃあ、パスだな」ジム・バークが少々苛立ったように言った。「次はコナント、お前さんの番だ」

わたしの右隣に座っていたコナントは食卓を囲んでいたほぼ全員と同様に煙草を吸っていたが、その火を押し消す音がして、やがて声が聞こえてきた。

「僕もスティーブ（スティーブンの愛称）と同じで」彼はゆっくりと話しだした。「人間の命を奪いたい衝動に駆られるなんて場面は想像できませんね。実際の話、まさにちょうど五年前の夜、僕は自分の手で人を殺めたも同然だった。包み隠さずに言いますけど、あんな経験は二度とごめんです。でも、確かな証拠があって、ああいう状況になってしまったとしたら、知りうる限り一番苦痛の少ない方法で死んでもらいたい。聞いた話によれば、注射器で静脈に気泡を注入すれば、脳だか心臓だかに気泡が到達した瞬間に死に至って、痛みもないと――」

トドハンター医師の馬鹿にしたような笑いがコナントの話を搔き消した。

「ああ、あなたねえ！」彼は大声で言った。「それは専門知識のない人が真に受けている根拠のない戯言《たわごと》にすぎないんですよ。医療に携わる者なら誰しもが、そうしたことはありえないと教えてくれるでしょう［原注２］」

「ならば、どうして」特に知りたいわけではないが、議論を戦わせたいがためだけのようにコナントは訊ねた。「看護婦や医者は患者の体に針を刺す前に注射器から中身の液体を一滴出すんでしょうか。注射針の中の空気を確実に抜くためじゃないんですか」

「もちろん、違います」トドハンター医師は少しばかり不愉快そうに答えた。「単なる習慣ですよ。唯一の目的は――目的があるとすれば、ですがね――針先に異物があった場合にまちがいなく除去するためでしょうかね。今、あなたが言ったような古い説を信じている時代遅れの頑固者が僅かながら現在もいることは認めましょう。しかし、まったくもって馬鹿げていると断言しますよ。わたしが請け合います」

「だったら、先生、ご自分で試したことはあるの?」デリーがかわいらしい声で横槍を入れた。

「もちろん、ありません」カップにコーヒーが残っていたとしたら薄氷でも張りそうな口調でトドハンター医師は答えた。「誤っていることが容易にわかる馬鹿げた見解を、いちいち試す必要などないでしょう。加えて、わたしは医者だ。わたしの職務は命を救うことですよ。命を奪えるかどうかを試すことではありません」

この話題が始まった頃に彼が話していた内容を考えると、最後の発言については二言、三言、言ってやり込めてやりたいところだったが、わたしは声を出すのをぐっと我慢した。

コナントが再び口を開いた。

「だとしても」静かな声だった。「僕はこの方法を選びます。もし誤った説だったのなら人殺しに失敗するまでです。さあ、パット、次は君の番だよ」

まさか、わたしにまで順番が回ってくるとは夢にも思わなかったが、こんな胸の悪くなるやりとりはすっぱり終わらせる、待ち望んでいた機会でもあった。

「思うのですが」わたしがここに参加しているあいだに、この人たちに少し考えてもらいたいと切り出した。「このような議論を続けるのは少々危険な遊びと言えないでしょうか。実際に殺意を抱いている人や、今後抱くかもしれない人が、この中に居ると想像してみてください。様々な殺害方法の善し悪しを比較するのは、そういう人に凶器を渡す、いや、そこまでではなくとも凶器を選ばせるようなものではないでしょうか。お気を悪くなさらないのであれば、こんな提案をさせてください。もっと厄介の種とならなさそうな議論を交わしてはいかがでしょう」

食卓にざわめきが走った。だが、優勢なのは賛成の声なのか反対の声なのか、わたしには判断がつきかねた。

発言したのはバークだった。

「レイン先生の仰るとおりじゃないか」真面目な口調だった。「そんなふうには考えてもみなかったが、たしかに危険な遊びに思えるな。ここに居る仲間が他の仲間に良からぬことを企むとは考えられんがね」そのあと、バークは話の内容を茶化すように、すばやく、こうつけ加えた。「いや……だが、クロスビーの最初の話によれば、人間誰しも一生に一度は人を殺める機会を手に入れるそうじゃないか。やめときゃよかったと後悔しそうなことを喋《しゃべ》っていても時間の無駄だ。話題変更の提案を、あたしは支持するよ」

「レイン先生、あなたってイヤな人ね！」ミセス・ヘネシーが口を尖らせた。「次はあたしの番だったってのに！　あたし、ものすごくいい方法を思いついたところ――」

「お前さんなら、きっとそうだろうね。ミセス・ヘネシー」バークが言った。その場を取り繕おうとして言ったのだろうが、妙な含みをもつ一言になってしまったことには一切気づいていなかったが。「今度、あたしにだけ教えてもらおうか――何だ、ダニエルズ」彼は話を中断し、夕食の給仕係を引き受けてくれていた山荘の管理人に呼びかけた。

「ミスター・バーク、殿方がお一人、車でお着きになりましたが」しかめ面をされるのはわかっていたが告げざるを得ないといった調子で、ダニエルズは怖ず怖ずと申し訳なさそうに口を開いた。

「ミスター・バークとお客さん方に伝言があるそうで」

「はあ?」バークは当惑と苛立ちを隠せず、強い口調で返事した。「殿方だと? どこのどいつだ」

「そのお方が仰るには」使用人の男は、自分の言葉がどれほど大きな意味をもつのか知る由もなく続けた。「弁護士のアーネスト・カルザースさんだと」


〔原注2〕のちにわかったのだが、トドハンター医師のこの見解は正しかった。

第三章

食卓を囲んでいた全員が、三、四秒ほど呼吸を止めたらしかった。あたかも、鑑賞中の芝居が、予想に反してどことなく不穏な展開になりそうだと気づいた観客のように。すると、バークが訊ねた。

「一人か」ダニエルズがそうだと答えると、バークは言った。「良かろう。通しなさい」

「何の用かも、どうやってここを見つけたのかも、皆目見当がつかん」ダニエルズが食堂を出てゆくと、バークはわたしたちに向かって言った。「だが、直接会って訊こうじゃないか。良からぬことを始めようとしたら、ダニエルズに任せるまでだ」

「リンデン記者のあの恐ろしい奥さんが裏で糸を引いてるんだわ！」ミセス・ヘネシーが憤慨して叫んだ。「今回は自分じゃ来られなかったもんだから、弁護士を送り込んだってわけね。バークさん、あたしがあなただったら――」

ラウンジとの間の扉が開いたのでミセス・ヘネシーが口をつぐむと、アーネスト・カルザース弁護士が食堂に入ってきた。冬の夜のキリリとした冷気を突っ切って車を走らせてきたのだろう、彼の衣服にはその冷気がなお纏《まと》わりついていた。冷気は過熱気味の淀んだ空気の食堂の中まで手を伸ばし、近くに腰を下ろしていた人たちに触れた。

ジム・バークが椅子を後ろに押しやり、立ち上がった。

「やあ、カルザース君！」無意識だったろうが本心よりもほんの少し愛想よく、バークは大声で言った。「座ってくれたまえ。一緒に飲み物でもどうだ。骨の髄までカチカチに凍りついちまったろう」

だが、弁護士はその誘いを断った。

「いいえ、結構です、ミスター・バーク」口調は丁寧だったが、その言葉の真意は量りかねた。「ここへは伝言があって来ただけですから。長居はしません。すぐにお暇《いとま》します。来る途中でまた雪が降り始めたし、風も強くなってきた。運転に支障が出る前に町へ戻らなければ」

「どうして、この場所がわかった」バークは訊いた。

「すぐに見当はつきましたよ。地元のホテルの宴会場にもレストランにも、どこにも予約が入っていませんでしたからね。だが、そんなことはどうでもいい」カルザース弁護士は、一瞬、口を閉ざしたが、いきなり声高になって言った。「みなさん、ご存じのことと思いますが、リンデン事件の裁判で検察側の重要な証人だったウィリアム・ハルジーが二日前に亡くなりました」

居心地の悪そうな静寂が広がった。と、バークが挑むような低い声を放った。

「で？」

「病に侵されていた彼は二週間と少し前に、余命いくばくもないことを初めて知らされた」カルザース弁護士の話は続いた。「わたしはミスター・ハルジーに呼ばれ、一通の手紙を渡された。自分の目の黒いうちは開封してくれるな、と。彼が死ぬと同時にあなた方全員をわたしの事務所に呼び集めて、あなた方の前で封を切ることになっていたのです。ですが、この五年目の集会の開催予定日まで間もなくというときに亡くなったので、事務所に来てもらうのでなく、あと二日だけ待ってこちらから出向くほうが良いのではないかと、ふと思ったわけです」

トドハンター医師が、冷たい、感情のない声で口を挟んだ。

「なぜ、そのほうが良いと思われたのでしょうか、カルザース弁護士」

「なぜ？」カルザース弁護士は聞き返したあと、フッと笑った。「あなたはなぜだとお思いですか、トドハンター先生」彼は質問を質問で返した。

ジム・バークがその質問を断ち切った。

「手紙の内容はご存じなのかね、カルザース君」と、バークは詰め寄った。

「誓って言います。まったく知りません」カルザース弁護士は答えた。と、その声が突然、刺々《とげとげ》しくなった。「ですが、見当はつきます――あなた方もみな、同じことを頭に浮かべているのではないでしょうか。開封して読みますが、よろしいですね」

はっきり聞き取れなかったものの、「お願いします」というくぐもった声が女性陣からあがった。

男性陣は無言だった。

カルザース弁護士が封筒を取り出し、ゲイロードから手渡された食卓用ナイフで封を切って手紙を引っぱり出すまでの僅《わず》かなあいだ、カサカサという紙の音が聞こえていた。そして、彼は、それを声に出して読み始めた。

「リンデン事件裁判陪審員の紳士淑女諸君。

諸君が注目の評決を下してから間もなく五年という日に、この書簡が諸君を前に読まれることは神の思し召しと考えたい。なぜなら、こうした節目に諸君が書簡の内容を聞かされる場面を想像すると、何とも劇的、かつ皮肉にも思え、心が揺さぶられるからだ。しかし、場面はどうあれ、諸君は必ずやこの内容を知ることになる。そして、詰《なじ》ったり罰したりしたくとも、我が輩はもはや諸君の手の届かぬ場所に居るはずだ。

我が輩の余命は多く見積もっても僅か二、三週間と、医者は断言した。『断言』という語を、我が輩は再三の確認のうえで使っている。なぜなら断言がなければ、この告白の手紙を敢えて認《したた》めることはないのだから。だが、行く末を憂える必要のない——憂えたとしても、草葉の陰から——今《いま》際《わ》の際《きわ》の男の唯一の特権によって、心置きなく聞いていただこうではないか。

ここへきて、すでにお察しの方もおられるかもしれないが、従兄のジェームズ・フルトンを射殺したのは我が輩であり、ロバート・リンデンではない。リンデン記者はこの犯罪とは一切無関係だった。青天の霹靂《へきれき》で都合良く身代わりにさせられた以外は。我が目的は言うまでもなく、従兄の遺言書の文言において相続する予定になっていた財産をありがたく頂戴することだった。お気づきかもしれないが、裕福な親戚というものは腹立たしくも長生きしすぎるのが世の常で、何かしら手が打たれるのは決して珍しいことではない」

あまりの衝撃にスティーブン・ゲイロードが大声を出したので、手紙の音読は中断された。

「ああ、何てことだ！」思わず放った恐怖の叫び声だった。「ならば、俺たちは罪のない人を有罪にしたのか！　俺たちは――」

ゲイロードの言葉を、ハーモン女史の耳障りな声が遮った。

「あたくしたちの責任じゃありませんわ！」ハーモン女史は息を切らせながら主張した。「あたくしたちは、あの人が犯人だと思ったんですから。裁判官だって――」

カルザース弁護士が再び口を開いた。

「まだ手紙は終わっていません。続けてよろしいですか」

ジム・バークがそれに応じた。

「続けてくれ」命令口調のぞんざいな物言いだった。

カルザースは手紙の続きを読み始めた。


「さて、こうなると、諸君は、今度は我が輩を裁きたくなったのではないかな。リンデン記者を裁いたときのように。独善的で尊大で自信に満ちた諸君は、誘惑というものとそれが引き起こす心の弱さを経験したことがなかろう。そうした他人の心の弱さを、身の程をわきまえず非難するに違いないが。そこで我が輩は、諸君のその性分を矯正する手段を用意した。それによって諸君は、自らがどのような反応をするかを思い知ることになろう。

我が輩は全財産の一〇万ドル――奇しくも、諸君が我が輩とは別の男を死刑に処してくれたおかげで相続することのできた遺産と同額――を、諸君に均等に分け与えると遺言書に記した。遺産処理の時点で生存している者に、という意味だ。現時点で一〇人、それでも一人当たり一万ドル、もちろん悪くない額だろう。しかし、例えば、諸君が五人しかいないとしたら、さらに良くはないだろうか。いや、一人だけだとしたら！　最終的な遺産処理を前に、諸君の中から死者が出たならば……。

さあ、我が輩のささやかな企てが理解できてきただろうか――トドハンターよ、その金があれば、己の抑えがたい権力欲が満たされるのではないかな。バークよ、お前の欲深さは底知れぬ。アリス・ハーモンとガートルード・ヘネシーよ、お前たちは上流社会にさもしい憧れを抱いておるだろう。チビで鼻垂らしのウィットルジーよ、金銭的安定を求め続けたところで自力で手にするにはあまりにも無能な男。諸君、己の渇望するものと己との間に立ちはだかる人間が、その目にはどのように映るか、思い知るがいい。我が輩が思い知ったように諸君も思い知れ。自分一人だけならば、金は一〇倍になるのだ。

だが、我が輩と同じ行為に及ぶ勇気を、諸君はおもちだろうか。いや、我が友よ、そんな勇気はなかろう。ある意味で、すでに血の味を知っているとしても。なぜなら、法の権威によって認められた手段で人の命を奪うことと、犯行が明るみに出たときの刑罰を知りながら、法に背いて隠密に人を殺めることとは、まったくの別物だからだ。これからおよそ一カ月、欲望と恐怖との間で身を引き裂かれ、それぞれの小さな地獄の中で悶《もだ》え苦しむがいい。そして――」

カルザース弁護士は不意に口を閉ざした。手の中で手紙が握りつぶされる音が聞こえた。

「みなさん、お一人ずつにお詫《わ》びしたい気持ちでいっぱいです」彼は言った。その声には、それまでとは別の怒りが込められていた。ここに居た人たちに向けた怒りではなかった。「この手紙にはジェームズ・フルトン殺害を告白する内容が含まれているのではないかと薄々予想はしていました。五年前にあなた方によって不当に有罪にされた男を思い、あなた方が手紙の内容を知って心の中で苦悶してくれたなら、それで良しとするつもりだった。ですが、信じてください、まさかこんな――」

「信じたいものね！」ギングリッチ看護婦がカルザース弁護士の話を最後まで聴かずに言い放った。「その手紙は、わたしたちをそそのかして人殺しさせようっていう、イカれた男の手の込んだ策略じゃないの。もし、内容をご存じだったんだとしたら――」

突如、わたしの右隣で、ガシャンと陶磁器を叩《たた》き割る音がして、感情が昂《たかぶ》るあまりかすれてしまったコナントの声がした。

「そ、そ、そそのかして人殺しさせよう、だと！」皮肉を込めた調子で、コナントはギングリッチ看護婦の言葉をくり返した。「そそのかす必要などないでしょう。僕らはみな、すでに人殺しなんですから。僕ら全員ね！　ハルジーがその手紙で言っているとおりだ。僕らは――」

わたしはコナントの腕を摑《つか》み、立ち上がろうとしていた彼を力尽くで椅子に戻した。

「落ち着くんだ」語気を強めて、わたしは言った。「そんなふうに考えても何にもならない。君は提示された証拠だけでなく裁判官の指示に基づいて判断したんだ。君には――」

しかし、コナントはわたしに最後まで言わせなかった。

「他の人たちはそうだったろう」声は荒々しかったが、その肩はわたしの手の中でわなわなと震えていた。「だけど、僕には、そんなお粗末な言い訳はできないよ。初めからロバート・リンデンは潔白だと思ってたんだから。なのに、他の人たちの言うなりになって――」

ミセス・ヘネシーがコナントに喰いかかるように叫んだ。

「そんなの違うでしょ！」金切り声でミセス・ヘネシーは言った。「あたしを人殺しだなんて、誰にも呼ばせないわよ。自分のしたことの責任をあたしたちに押しつけないでよ、コナントさん。考えを押し通す根性がなかったんだったら――」

ジム・バークが騒ぎを鎮めようと力いっぱい食卓を叩いた。

「みんな、よく聴くんだ！」バークの声が轟《とどろ》いた。「あたしらがいがみ合いを始めてみろ、ハルジーの思う壺だと気づかんのか。あの男がそいつを書いた目的は、あたしらの正気を失わせて、誰かが――」

バークはここでいったん口をつぐみ、もう少し落ち着いた調子になって続けた。

「とにかく、あたしらは無実の男を有罪にした。そういう陪審員はあたしらが最初じゃなけりゃ、最後にもならんだろう。それに、これはあたしらのせいじゃない。さっきハーモン女史が言ったように、あたしらはあの男が犯人だと思った。誰かを責めるとしたら、相手はハルジーだ。ハルジーが嘘の証言をして、それを聴いて評決したんだから」

クロスビー教授が、上辺だけの乾いた咳をした。

「わたしに言わせれば」彼は自分の見解を述べ始めた。「相対的に見て重要度の低い問題で大騒ぎしすぎではないだろうか。ロバート・リンデン記者が犯していない罪で有罪判決を受け、刑が執行された事実は、当然ながら当人にとってみれば大惨事だった。しかし、社会全体に対する重大性という点では取るに足らない。一方で、公共の利益になった可能性さえある。われわれの社会の秩序において、彼は望ましからぬ構成員だったことが、彼自身の告白によって明確になった。賄賂を受け取るのを厭《いと》わず、大衆の関心事として公表されるべき情報を伏せたのだから。この事実と前科を鑑《かんが》みれば、彼は反社会的性向を充分に示している。要するに、有罪になったのが起訴された特定の罪であろうが他の罪であろうが、大差はなかったものとわたしは考える。可能性はまちがいなく有していたのだ。そして、結果的に――」

クロスビー教授は話の途中で不意に口を閉じた。食堂の奥で扉の開く音がしたのだ。誰が入ってきたのか知る手立てはわたしにはなかったが、それでも、緊迫した静寂をジム・バークの野太い声が破るまでもなく、その人物の正体はわかっていた。

「その女がどうしてここに居るんだ」バークの怒鳴り声が轟き渡った。

デリーが手を伸ばし、わたしの手をギュッと握った。

「エ、エルサ！」デリーは喘《あえ》ぎながら言った。「ユーニスが、うちのお手伝いさんが、自分の代わりにって……」

カルザース弁護士が咄嗟《とっさ》に一歩進み出たようだった。

「ミセス・リンデン！」彼は鋭い声をあげた「やめるんだ――」

すると、その女性が口を開き、渾身《こんしん》の力を込めた調子で決然とカルザース弁護士の言葉を遮った。

「あなたたちこそが人殺しじゃないの、あなたたち全員が！」彼女は言った。憎悪と絶望のあまり低く抑えた声が不気味だった。「わたしの夫を殺しておいて、今さら言い訳しようなんて。けれども、いざ死の運命が訪れたときは言い訳なんて何の役にも立たないのよ。わたしは神に祈ります。あなたたち一人ひとりに非業の死が訪れんことを。あなたたちが……わたしの夫に……」

声はいきなり弱々しくなり、そのあと、ぷつりと途絶えた。

スティーブン・ゲイロードがさっと立ち上がった。

「誰か、支えてあげて！」彼は叫んだ。「気絶する！」

だが、その声は一瞬遅かった。誰かが駆け寄るより早くエルサ・リンデンは意識を失い、床の上に頽《くずお》れた。

数人が慌てて椅子を後ろに押しやって立ち上がり、気を失ったその女性を助けに向かう音がした。するとと、騒然とするなか、トドハンター医師の声が鋭い口調で命じた。

「全員、下がりなさい。気絶だから、風通しを良くしないと。ギングリッチ君！」

「はい、ドクター」食卓の反対側からベテラン看護婦らしいきびきびした声が応じた。

「手を貸してくれるね。この女性を寝室に運んでベッドに寝かせる」と、トドハンター医師は指示した。「意識が回復したらパニック発作を引き起こすだろう。鎮静剤を投与する必要が出てくるかもしれない。日頃から往診カバンを持ち歩くことにしていて助かった。ミスター・バーク、この女性の寝室はどこですか」

ジム・バークは寝室の場所を説明したが、その声は、魂が体を離れて抜け殻だけになったように虚《うつ》ろだった。

リンデン記者の妻の力の抜けきった体を両腕で抱え上げようとトドハンター医師が唸《うな》る声が聞こえ、そうするうちに、彼とギングリッチ看護婦はその女性を抱えて食堂を出ていった。

扉が閉まると、一、二秒の静寂があった。すると、アーネスト・カルザース弁護士が体を震わせながら語気を強めて言った。

「いったい彼女はどうやってここに」

スティーブン・ゲイロードが皮肉いっぱいにフッと笑った。

「あんたが知らないって？　カルザースさん」と、ゲイロードは返した。

「わたし……が？」カルザース弁護士は口を開きかけ、そのあと、ゲイロードの言葉の意味を理解した。

「みなさん、信じていただけないでしょうが」カルザース弁護士はゆっくりと言葉を続けた。「真実を言います。彼女がここに居るなんて思いも寄らなかった。ああ、何てことだ！　もし知っていたら、あんな悍《おぞ》ましいハルジーの手紙をわたしが読みあげると思いますか」

「ならば、あの女はどうやってここに入ってきた」ジム・バークが食堂に居た全員に詰め寄るように問いかけた。

答えたのはデリーだった。

「わたしのせいです」デリーは消え入りそうな声で打ち明けた。「うちにいつも来てくれているお手伝いさんが、昨日《きのう》の夜、ひどく耳が痛むと言いだして、今日ここへは代わりの女性をよこしていいかって訊いてきて。わたし……まさか……」

「君のせいじゃないよ、デリー」スティーブン・ゲイロードがそう言って、デリーのそばへ寄ってきた。「リンデン記者の奥さんが周到に君んちの家政婦に金を渡して、代わらせたんだ。君になら自分の正体がばれないと思ったわけだ。とんでもなく、ずる賢い女だぜ」

「そうなると」ハーモン女史が刺々《とげとげ》しい口調で言い放った。「あたくしたち全員、一夜をあの女と同じ屋根の下で過ごすわけですのね。楽しくなりそうですこと！」

ミセス・ヘネシーが泣きだした。まるで甘えん坊のようにさめざめと。だが、泣き止むつもりはありませんから、と言わんばかりに。

「イヤよ！」彼女はしゃくり上げると、「無理だわ！　あの女がまたここに下りてきて、あんな恐ろしいこと言い始めたら……あたし、おうちに帰りたい！」と、鼻をすすりながら哀れを誘うように言った。

「わたしの意見だが」口を開いたのはクロスビー教授だった。「全員で帰宅するのが名案と言えないだろうか。ミスター・バーク、あなたのもてなし云々でなく、カルザース弁護士があのようなことを伝えに来たばかりに、今回の集会はまるで茶番になってしまった。集会の存続意義は、もはや失われた。わたしは解散を提案する」

「動議を支持します」ミスター・ウィットルジーが甲高い声で、珍しく熱くなって叫んだ。

このとき、わたしたちは食堂からラウンジへふらふらと再び移動していたのだが、ここでバークが正面玄関に歩を進め、車を運転できる天気かどうか見てみるか、などと言いながら扉をぐいと引き開けた。とたんにヒューッという音とともに強風がラウンジの中ほどまで吹き込んできて、大量の氷の粒がチクチクとわたしたちの顔を刺した。

バークは慌てて、乱暴に扉を閉めた。

「こんな猛吹雪の中を出ていこうったって、今夜のところは無駄ってもんだぞ」バークは言った。

「どうにか車道は外れなかったとしても、この横風を突っ切っちゃ車は進むまい。全員、朝までここで、よろしくやってもらうしかなさそうだ。お前さんもだよ、カルザース君」

これを聞いて、またもや、どよめきが巻き起こった。不可能だとわかるまで、とりわけここを去りたいと思っている人間はいなかった——おそらくミセス・ヘネシーを除いて——に違いないが、いきなり、家に帰ることが命に関わる重大事となってしまったからだ。それでも、しばらくすると、避けられない現実に抗《あらが》っても仕方ないと気づいたらしく、ほぼ全員が多かれ少なかれ大人しく、この事態を受け入れ始めた。

場にいくぶん落ち着きが戻ると、誰か——ハーモン女史だったと思う——がブリッジをやろうと言いだした。そして、テーブルが二卓用意され、デリーと年嵩の女性二人、それから男性五人がそれぞれ席に着いた。残ったわたしたち——バークとコナントとわたし——は足の向くまま階段を下り、地下の娯楽室までやってくると、バークとコナントはビリヤードを始めた。わたしはわたしで的外れな助言の横槍を入れ、仲間に加わった。当然ながら、わたし自身はビリヤードはできないが、プレーヤーがコールショット（ショットの前に的球とポケットの場所を指定するルール）で戦ってくれれば、ボールの音でだいたいの流れはわかる。普段からそんなふうに、わたしもビリヤードを楽しんでいる。

二戦目に入ろうと二人がキューにチョークを塗り直していると、階段を下りてくる足音が聞こえた。誰が来たのか確かめるため、バークが振り返ったようだった。

「おお、おや、スティーブか」バークは言った。「ブリッジのほうはどうだ。もう終わったのか」

「いや」ゲイロードは答えた。「ギングリッチ看護婦がリンデン記者の奥さんの介抱を終えて一階に戻ってきたから、彼女に席を譲った」

　彼は娯楽室を横切ってわたしたちのほうへ向かってくると、キューラックからキューを一本下ろした。

「俺もやっていいかな」ゲイロードは言った。「あそこであんな話を無理やり聞かされてたもんだから、ちょっとばかり何かを叩《たた》き散らしでもしないと気分が晴れないぜ」

「何があった」バークが訊ねた。

「ああ、またしてもクロスビーのクソおやじが、夕食のときに始めたあの愉快な話を持ち出してきたんだ」ゲイロードが答えた。「誰にでも、いつか必ず人を殺す機会がやってくるって話だよ。そしたら、ヘネシーおばちゃんが張り切っちゃってさ。あのとき順番が回ってこなかったのを根に持ってたらしいよ。他のみんなは話したのに自分だけ完全犯罪計画を発表できなかったって。もともと自分が言いだしたことなのに一杯喰わされた気分だったんだとさ。そんなわけで、とっておきの殺人計画を話させろってうるさくてさ。ブリッジをやってる最中にだよ。で、どんな方法だったと思う？　カプセルに詰めるか、錠剤になった苛性ソーダ（水酸化ナトリウム。洗浄剤として使用されるが、強アルカリ性の劇薬）を飲ませるらしいよ。女性は心優しい生き物とは、よく言ったもんだぜ！」

　バークが汚い言葉を吐いた。

「ろくでもない、あばずれだな」声を轟《とどろ》かせてバークは言った。「裁判のときを思い出すな。ヘネシーと馬鹿女のハーモンのほうが、クロスビーやトドハンターよりずっと――」

　コトッと音がして、コナントのキューが床に落ちた。

「やめてくれ！」唸るような、くぐもった声でコナントは言った。「その話はもうやめてくれないか！　僕は――」

乱心したかに思えたが、同じくらいの勢いで平静さを取り戻した。

「申し訳ない」いつもの穏やかな口調になってコナントは続けた。「こんな大声を出すつもりはなかったんです。ずっとイライラが収まらなくて」

「強い酒が必要だな」バークが言った。「今、注いでやろう」

だが、コナントは断った。

「結構です」と彼は言うと、腰を屈《かが》めて床に落ちたキューを拾い上げ、それからキューラックへ向かい、キューを戻した。「特に問題がなければ、僕はもう寝ます」

「俺がヘマをしたせいだ、俺が馬鹿だった」コナントが出てゆき、階段の上り口の扉が閉まるや、ゲイロードは思わず大声を出した。「あの人の前じゃあんなこと言わずに、もうちょっと考えりゃよかった。今回の胸くそ悪い件があってから、あの人、ものすごくピリピリしてるもんな」

「それについちゃ、全員そうだろうよ」と、バークが胸の内を言った。「心躍る出来事とは言えんよ。罪の無い男が電気椅子送りになったことに多少なりとも関わったと知ったんだ」

バークは娯楽室の反対側の壁へ向かった。液体がグラスに注がれる音が聞こえてきた。

「あたしは一杯やらせてもらう」彼は声高に宣言した。「お二人さんも一緒にどうだ」

わたしは断ったが、ゲイロードはすぐさま応じた。ゲイロードの神経も安定からは程遠いように思えた。僅《わず》かな間を置いて、その直接の理由を彼は教えてくれた。

「続きを話したほうがいいよね」ゲイロードは酒をぐいと飲み干すと、出し抜けに言った。「あのおめでたいクロスビーの野郎、あいつが言ったのはそれだけじゃなかったんだ。ヘネシーがくだらない話をまくしたてたあと、あの男はまたもイカれたことを言い始めた。ハルジーの遺言は最上級の殺意を俺たち全員に与えた、とさ。みんな一緒に一晩ここに閉じ込められることになった今、もし誘惑に負けそうな人間が出てきたとしたら、実行に移す絶好の機会《チャンス》だってね。まともなカルザース弁護士が黙らせてくれたんだけど……畜生め！　そんなこと聞かされたあと、何人かの連中が互いを見る目ときたら、気味が悪いの何のって」

「とんでもない野郎だな！」バークが空《から》になったグラスをカタンと置いた。「ただでさえ手に余る事態が起こったってのに、そんなことまで言いだすとは！　上に行ってこようじゃないか。レインさん、ご一緒願えるかい？」

わたしは一緒に行くことにしたが、ゲイロードは、残って独りでビリヤードをやっていたいと言った。

「なあ、レインさんよ」山荘の裏側の娯楽室専用の階段と表側のラウンジとをつなぐ狭い廊下を進んでいると、バークが不安そうな調子で口を開いた。「さっき、あそこでスティーブ・ゲイロードが言った話が気がかりでたまらんよ。クロスビーの考えるようなことが起こるとは思うまいね？」

「それはないでしょう」と、わたしは答えた。「殺人は、言わば即決で実行に移されることはまずありません。激情に駆られた場合と、社会的に犯罪階級と位置づけられた集団に属する人間による場合は別ですが。金銭目的の犯行が激情の部類に入ることはほとんどありませんし、また、ここに来ている人たちは、好ましいと呼んで差し支えない社会層に属しています」

だが、わたしがこう言ったのは、主としてバークを安心させるためで、確固たる自信のもとに見解を示したわけではなかった。というのも、事件が起こるかもしれないと考える具体的な理由は見当たらなかったにしても、わたしにとっては大半がほぼ面識のない人たちの、個々の行動まで予測するのは不可能だったからだ。

そうしてラウンジに入ってゆくと、ブリッジの続いているテーブルは一つだけになっていた。もう一つのテーブルに着いていたうちの二人、ハーモン女史とミスター・ウィットルジーは数分前に寝室へ行ってしまい、この二人とペアを組んでいて残されたデリーとトドハンター医師は、進行中のもう一方の勝負に口出ししたりしているところだった。

「クロスビーはどうした」バークが訊ねた。その声からは、不快感と安堵感が小突き合っているのが伝わってきた。「教授も寝ることにしたのか」

答えたのはギングリッチ看護婦だった。

「いいえ、クロスビー教授は、今回はダミー（トランプゲームのコントラクトブリッジで、契約履行者のパートナーを指す語。コントラクトブリッジのルール、および用語については「訳者あとがき」参照）なんですけど、手札を見せたあとテーブルを離れてしまって。どこへ行ったか、どなたかご存じですか」彼女はみなに問いかけた。

デリーが少々乱暴に、「知るもんですか」と呟《つぶや》いたのが聞こえた。そのあと、少し離れたところに腰を下ろしていたトドハンター医師が、ふらふらと出ていったが水を飲みに行ったようだというようなことを言った。

カルザース弁護士が椅子を後ろに押しやった。金属製の脚が寄木張りの床を引っ掻き、耳障りな音をたてた。

「捜してきましょうか、ミスター・バーク」彼は言った。「少しばかり、ぼんやりしているように見えましたから、どこかで倒れていないとも限りません」

カルザース弁護士がクロスビー教授を捜してくると言った真意は量りかねた。わたしが注意を払ってきた限り、性格的に見てあの社会学者がぼんやりすることなどありえなかったからだ。つまり、カルザース弁護士がこう言いだした裏には、何か意図があるに違いなかった。だが、問いかけられたバークは、不審は抱いていないようだった。

「いや、気にせんでくれ」バークは投げやりな口調で言った。「いずれ戻ってくるだろう。それまで、水よりもちょっとばかり元気の出そうなヤツをみんなで一緒に一杯やらんかね。そのあとで、今夜のところは、お開きにすればいいじゃないか」

客に気持ちよくベッドに入ってもらいたいという、もてなす側の心遣いのようなものだったに違いない。だが、ミセス・ヘネシーはそれを察することもなければ、察するつもりもなさそうだった。

「あら、あたし、ちっとも眠くなくてよ！」わざとらしく元気いっぱいの声音をつくって彼女は言った。「ゲームの邪魔しないでよ、バークさん。あたしが勝負に出ようってとこなのに」

「神経が疲れてきている証拠です」バークが口を開くのを待たずに、トドハンター医師が言った。

「体のためには、もうやめたほうがいい。眠くないようなら何か薬をあげましょう」

「ドクター・トドハンターの仰《おっしゃ》るとおりですよ」ギングリッチ看護婦が畳みかけるように言った。

ベテラン看護婦らしい、きびきびした口調だった。「さあ、もう、みんなで休みましょう。わたしは二階で最後の確認をしてきます……わたしの……担当する患者さんの」最後の一言には明確に不快感が表れていた。「そのあと、自分の寝室へ行きます」

ミセス・ヘネシーは口を尖らせた。

「あたし、このゲームをすごーく終わらせたいの！」彼女は声を張りあげた。「誰か、ギングリッチさんの手札で代わりをやってよ、そしたら、あたし――あら、バークさん、やってくれるの？まあ、いい子ね！」

ジム・バークは無言だったが、ギングリッチ看護婦が立ち上がったばかりの椅子に仏頂面で腰を下ろした。

「まったくね！」デリーがわたしの背後で鼻息を荒くした。そして、腕をわたしの腕の中に滑り込ませ、わたしをラウンジの一番奥にあった暖炉のところまで引っ張っていった。「朝になったら帰りましょ」不満いっぱいの口調だった。「あの女とこれ以上一緒に居たら、わたしが人殺しになっちゃうかも」

「そんなことを言うもんじゃない」わたしは厳しい調子で彼女を窘《たしな》めたが、声が大きくならないよう気をつけた。「人を殺す話題は、今夜はもう充分だ」

「ええ、そのとおりね」デリーはしおらしい口調で同意した。すると、彼女の態度がいきなり変わった。わたしの腕の上にまだ載っていた手が震えているのが伝わってきた。

「あのヘネシーおばちゃんと同じ思いだなんて言いたくもないけど」デリーは正直な心情を打ち明

けた。声はか細く、今にも消え入りそうだった。「でも、さっきあの人が家に帰りたいと言った気持ちがわかる気がするの。パディ、わ、わたし……何だか怖い」

「怖い？」わたしは冗談めかして聞き返した。「君が？　それは信じがたい現象だ」

しかし、そんなことを言ったところで、彼女の重苦しい感情を払拭してあげることはできなかった。

「ねえ、笑わないで聴いて」デリーは言った。「あなたも、わたしと同じアイルランドの血が流れてるから、虫の知らせの意味、わかるわよね。今、わたし、虫の知らせを感じてるの。夜が明ける前に、ここで何かが起こるって予感よ。何かきっと……とんでもなく恐ろしいことが」

わたしは笑わなかった。わたし自身もその日の夕方から同じような思いに囚われていたからだ。バークがコナントとわたしを寝室に案内し、今度こそリンデンの女房が出てこない初めてのリンデン事件裁判陪審員の集いにしてみせる、と得意そうに言ったときから。しかし、虫の知らせは差し引いて――実際、差し引こうと努力していた！――も、夜が明ける前に何かしら不快な出来事が起こるかもしれないと考えるに足る理由は他にもあった。

わたしは自分の腕の上に置かれていたデリーの手に、反対側の手を重ねた。

「疲れているんだよ、デリー。眠ったら気分も良く――」

すると、廊下側の扉が勢いよく開き、スティーブン・ゲイロードが覚束ない足取りでラウンジに入ってきた。

「バークさん！　レインさん！」彼は喘《あえ》ぎながら言った。声の調子を抑えようと必死のようだった。

「来てくれ。あんたもだ、トドハンター先生。ちょっとした事故が……起こった」

だが、二人とともに廊下へ出てゆく前から、ちょっとした事故でないことはわかった。ラウンジを出ると、バークは他の面々に配慮し、扉を閉めた。そのあとゲイロードが息も絶え絶えに、伝えるべきことを伝えた。

「クロスビーが」あたかも言葉が口の中で固まってしまったかのように、彼は言った。「食堂の床の上で倒れてる。た、たぶん死んでる」

第五章

クロスビー教授は死んでいた。洗面所にあった普通の石鹸を一個、夕食用のナプキンで包んで固く縛った物で右耳の後ろを殴打されて。死体からさほど離れていない床の上に転がっていたその凶器を、トドハンター医師が見つけたのだ。

トドハンター医師がそれを指し示すと、ジム・バークは首を絞められたような耳障りな声を出した。そして、よろよろと椅子に向かい、その上にドスンと腰を下ろした。

「何てこった！」軋《きし》むような声でバークは言った。「お前さんたち、これが何を意味するか、わかるか？　クロスビーはただ殺されたんじゃない。そのものずばり、自分の提案した方法で殺されたんだ！」

「それだけではありません」トドハンター医師が無感情な口調で言った。「夕食の席での会話を、わざわざ危険な遊びをしているようなものだと判断したレイン先生の仰《おっしゃ》ったとおりになった。あの会話のときあそこに居た誰かが、計画的に、クロスビー教授の提案した方法を実践したのでしょう。こうした特殊な方法を、他に誰も知るはずはありませんから」

「そんなことないだろ」ゲイロードが異を唱えた。トドハンター医師の主張に腹でも立てたように、声を低くして勇猛に反論した。「犯罪者集団の間じゃ珍しくない手口だってクロスビー本人がはっきり言ってたじゃないか。だから、きっと……そうだな、例えば強盗に出くわして、助けを求める前に頭を殴られたって可能性もあるんじゃないか？　俺たちの誰かが殺したって考えるより現実味があるぜ」

「そう願いたいもんだ」肝を潰《つぶ》してへなへなと座り込んだバークだったが、自らを奮い立たせながら情感たっぷりに言った。「だが、現実は違いそうだ。ちょっと見てくれ。襲われたとき外を眺めてたかのように、窓に向かって倒れてる。だから、正面から誰かと出くわしたってことはなかろう。それに、殴られたのは右耳の後ろだ。てことは、殴った人間は、左利きでない限り背後から忍び寄ってガツンとやったに違いない。もし正面から殴ってたなら左耳を直撃するはずだろう。どうだい、レインさん」

非常に筋の通った推理だったので、わたしは彼にそう伝えた。

「さて、今から」わたしは続けて言った。「この件を他のみなさんに伝えるという、あまり気の進まない仕事が待っていますね。それと、どなたか、地元の警察にも連絡する必要があるでしょう」

「ああ、仰るとおりだ！」バークは苦々しい調子でぶつぶつ言った。「これを聞いたら、あの厄介なヘネシーおばちゃんは瞬く間に半狂乱ってとこだな。たぶんウィットルジーもだ。他の連中もどうなることやら。だが、避けては通れんからな」彼はゲイロードに向かって、「スティーブ、みんなを起こして回ってくれ。あたしは電話してくる」と言った。「そのあと、全員でこの試練に立ち向かおうじゃないか」

ゲイロードは寝室へ行ってしまった人たちを呼びに行き、バークも警察に電話するために二階の書斎へ上がっていった。ところが、彼はすぐに階段を下りてきた。

「運に見放されてる」おどろおどろしい口調でバークは告げた。「電話線がおかしい。交換手につながらない」

「いったい、どうしたんですか」カルザース弁護士が訊いてきた。「何ですか、この妙な雰囲気は。いったい何が――」

バークは彼を黙らせた。

「全員が揃ってから話すよ、カルザース君。こんなことを二度も言うのはごめんだ」

バークが待っていると、ゲイロードがコナント、ミスター・ウィットルジー、使用人のダニエルズを引き連れて一階へ戻ってきた。ややあって、ギングリッチ看護婦とハーモン女史が続いた。そのあと、バークが単刀直入かつ簡潔に、何が起こったのかを報告した。

みな比較的お行儀よく、その報告を受け止めた。バークとわたしが覚悟していたよりは、という意味ではあるが。実際のところは、そのものずばり聞かされて、ほぼ全員が茫然とするあまり感情を露わにできなかったのではないだろうか。ミセス・ヘネシーだけが取り乱しそうになったが、歯のブリッジが取れちゃいますよ、とデリーから上品とは言いがたい口調でつっけんどんに言われると、彼女ですら大人しくなった。

騒ぎがいったん落ち着いたところで、これからどうするべきかを全員で話し合った。電話で警察に連絡できないとなれば、何かしら別の手段で連絡しなければならないことだけははっきりしていた。

「二階に居るとき、除雪車が道路を下っていく音が聞こえた気がしましたがな」ミスター・ウィットルジーがおどおどした裏声で、勇気を振り絞って発言した。「もしかしたら風も少し収まってきたかもしれませんし、雪もさっきほどはひどくないんじゃないですかな。どうにか車を走らせて町まで行けるかもしれませんぞ」

「それがいいかもな」ゲイロードが賛成した。「どうだろ、レインさん」

やってみる価値はある、とわたしも同意し、ダニエルズにお願いするのがいいのではないかと提案した。しかし、こんな連中とは関わりたくねえが仲間外れになる勇気もねえ、とでも思っているように一団の後ろで縮こまっていたダニエルズは、車の運転ができないことを申し訳なさそうに告白した。

「なら、あたしらでやるしかなさそうだな」バークが言った。バークはすでに最初の衝撃から立ち直り、生来のリーダーシップを発揮し始めていた。「くじ引きで決めるかね。それとも、レインさん、誰か一人、指名してくれるかい？」

しかし、わたしが答えるより早く、ハーモン女史が異議を唱えた。

「選ばれた人が犯人じゃないって」ハーモン女史は声を張りあげた。「言いきれるんですの？　逃亡する絶好の機会《チャンス》を犯人に与えることにならないって言いきれるんですの？　今ここで、現実にしっかり目を向けて解決したほうがよろしいんじゃないかしら。現実っていうのは、この山荘の中に居る誰かがクロスビー教授を殺したってこと。潔白を証明できた人でない限り、誰であろうと、ここを出ていかせるわけにはいきませんわ」

仲間の誰かが犯人である可能性にはほぼ全員が気づいていたに違いなかったが、その瞬間まで、それを正面から受け止めている人がいたかどうかは疑わしかった。すぐさま、自分が犯人なものかと憤慨したり反論したりする声があちこちから湧きあがった。最終的にジム・バークが、ブリッジ用のテーブルを拳固で力いっぱい叩《たた》くという急場しのぎの単純な手段で全員を黙らせた。

「静かにするんだ！」唸《うな》るようにバークは言った。「レイン先生は犯罪心理学者だ。どうするかは、この人に決めてもらう。どうするかい、レインさん、くじ引きにするかね？　それとも誰かを選んでくれるかね」

選ばれた人間が犯人だったとしても、逃亡すれば罪を認めたことになるので、そのまま姿をくらますおそれはほとんどない気がした一方で、ハーモン女史の提案も悪くないように思えた。警察への通報がさらに少々遅れたところで大きな違いは生じなかっただろうし、それより、重要にもかかわらず表面上は些細な事実が忘れ去られる前に、証言を一気に集めておくほうが得策かもしれなかった。加えて、最終的に誰か一人が警察に知らせに行くことになった場合に、より矛盾のない状況を伝えることができたはずだった。

わたしは全員にこれらを説明し、現場不在証明《アリバイ》のない人が必ずしも怪しいわけではないが、犯行の時間と場所が限られていることを考えると、この件とまったく関わりのなさそうな人から使者を選んでもいいのではないか、とつけ加えた。

「ということで」わたしは本題に入った。「教授の死体を見つけたミスター・ゲイロードから始めましょう。経緯を教えてくれるかい、ゲイロード君」

「経緯？」彼は半ば憤慨したように聞き返したが、すぐに声の調子を変え、「ああ、そういう意味か」と言った。「どんなふうに死体《あれ》を見つけたかってことだね？　簡単な話だよ。レインさんとバークさんが一階に上がっていったあと、俺はビリヤードの球を一、二発叩いた。でも、何だか手元が覚束なくてさ、だから終わりにして、また一階に行くことにした。このラウンジに戻ってくる途中、食堂に寄って窓から天気でも見てみるか、と思った。で、食堂の扉を開けたら、クロスビー教授が床の上に転がってた。心臓発作でも起こしたかと思って近寄ったら、そしたら、死んでて、えと、血かなんかが見えて……それで、これはとんでもないことになったみたいだと思って、それで、あんたたちを呼んだ。以上」

わたしは彼の話についていては言及せず、他の人たちのほうを向いた。

「はっきりしているのは」と、わたしは言った。「クロスビー教授が殺されたのは、本人が水を飲むためにこのラウンジを出ていってから、ミスター・ゲイロードが娯楽室から上がってきて死体を見つけるまでのあいだということです。そこで、この時間帯に、みなさんがどこに居たのかを警察は最初に訊いてくるでしょう。ですが、その前に、クロスビー教授がここを出た正確な時刻がわかる方はいらっしゃいますか」

短い静寂があった。すると、口を開いたのはデリーだった。

「パディ、時計を見たわけじゃないから」自信のなさそうな口調だった。「はっきりは言えないけど、でも、たぶん、あなたとバークさんが入ってくる一〇分くらい前だったと思う。クロスビー教授はダミーになって手札をテーブルの上に置いてから、すぐに出ていったの。あなたたち二人が入ってきたとき手持ちの札は半分くらいしか出されてなくて、ゲームはどちらかと言えばゆっくり進んでたから、その一〇分くらい前だったはず」

「あら、違うわよ」ミセス・ヘネシーが否定した。「五分以上前ってことないでしょ。あたし、そんなにノロノロ勝負《プレイ》するほうじゃないもの」

カルザース弁護士がうんざりしたような含み笑いをした。

「では、あいだを取るのが妥当かもしれませんね」と、彼は意見した。「そこに、あなたとミスター・バークがラウンジに入ってきてからミスター・ゲイロードが死体を発見するまでの八分ほどを加えた約一五分が、詳細を明らかにすべき時間帯となりますね」

わたしはその試算を受け入れることにした。

「そうですね。では、クロスビー教授が出ていったとき、ここに居たのはどなたでしょうか」

この問題を整理するのは少々時間を要したが、最終的に明確になった。デリーとミセス・ヘネシーによれば、ハーモン女史とミスター・ウィットルジーはその五分ほど前に寝室へ上がっていった。一方、それと入れ替わるように、リンデン記者の妻を介抱していたギングリッチ看護婦が、彼女が眠った様子だったので下りてきた。事実、ギングリッチ看護婦とハーモン女史は二階の階段の下り口で顔を合わせていて、ミセス・リンデンの具合はどうかとハーモン女史がギングリッチ看護婦に問いかけたと二人ともに証言した。ミセス・ヘネシーとカルザース弁護士とゲイロードとクロスビー教授は片方のブリッジのテーブルを囲んでいて、デリーはミセス・ヘネシーの肩越しにゲームの行方を見守っていた。トドハンター医師はほんの短い時間ゲームを眺めたあと、煙草を吸うために独りでふらふらと暖炉の前に向かった。そのあと、ゲイロードが目を上げてギングリッチ看護婦の姿を認め、ちょうど次のゲームの札が配られるところだから自分に代わってここに座ってほしい、と彼女に言った。

しかし、話がここまで進んだところで、その後の展開については意見が分かれた。ゲイロード本人は、そのあとすぐにラウンジを出て娯楽室へ向かいバークとコナントとわたしに加わったと言ったが、ギングリッチ看護婦はそれを否定し、次のゲームの宣言《ビッド》（コントラクトブリッジの用語。どの組札で何回勝つかをプレーヤーが前もって宣言すること。「訳者あとがき」参照）が終わるまでラウンジの中か、少なくとも廊下に続く扉のあたりに居たと言った。

「そうかもな。ラウンジの中を一、二度行ったり来たりしてから娯楽室に下りていったかもしれないな」と、ゲイロードは素直に認めた。「でも、勝負が始まったときには居なかったぜ。もし居たなら、クロスビーと同じときに出てったことになるじゃないか。そうだとしたら……え、もしかして！」そうだとしたらどうなのかを理解した彼は、ここでいきなり口を閉ざした。「まさか、この女……俺の仕業だと言いたいのか！」

「何にしろ、誰かの仕業よ」と、ギングリッチ看護婦は言い返した。「それに、あなた、明らかにゲームを抜けたがってるみたいだったわよね。わたしの思い違いでないなら」そして、少しばかり辛辣な口調になって続けた。「女性への優しさで、わたしに席を譲ったわけじゃないでしょ」

「ちょっと待ってくれ」バークが割って入った。「ゲイロードが、いつラウンジを出たのかをはっきりさせようじゃないか、レインさん。あたしらがこのラウンジに上がってくる前、ゲイロードとはどのくらい一緒に居たかね」

「少なくとも、五分以下ということはないでしょう」わたしは答えた。「おそらく五分以上でしょうが、確認する方法がもう一つあります。アーサー、君はゲイロード君が娯楽室に入ってきてから一分ほどで、わたしたちのもとを離れて階段を上っていった。ラウンジの中を通ったとき、クロスビー教授はまだ居たかい？」

しかし、この質問から得るものはなかった。

「ラウンジの中は通らなかった」と、コナントは答えた。「寝室へは裏の階段を使って行ったから」

「それに、たとえミスター・ゲイロードがご本人の仰った時間にこのラウンジを出ていっていたとしても」ハーモン女史が鋭い調子で口を開いた。「すぐに娯楽室へ向かったと言いきれるかしらね。ご本人はそう主張なさってますけど」

ゲイロードがざらついた声で笑った。

「クロスビーはこのラウンジを、俺が出ていったあと三分も経たないうちに出ていったのか、それとも五分近く経ってたのか、一〇分近く経ってたのかわからない限り、俺が第一容疑者ってわけか」と、彼は言った。

「そうとは限らないでしょう」声を出したのは意外にもトドハンター医師だった。「他にも数人がこのラウンジから出ていっています」

ハーモン女史が憤慨して喉をぜいぜい言わせた。

「トドハンター先生、もしも、あたくしのことを仰っているなら」顎をツンと上げたに違いなかった。「あたくしは自分の寝室で就寝の支度をしておりました。もちろん、あたくし女性ですから、誰かが目撃しているはずはありませんけど」

事の重大さにもかかわらず、デリーがそれを聞いて思わずクスクス笑った。するとハーモン女史は、まったく最近の若い人の考えることときたら云々と、低い声で苦言を呈した。放っておくと外交家が緊張関係と呼ぶ事態になりかねなかったので、わたしはひとまず、ここまでの情報を纏《まと》めることにした。

「整理します」と、わたしは言った。「クロスビー教授がこのラウンジを出ていった時点で、ブリッジのテーブルに居たのはギングリッチ看護婦とミセス・ヘネシーとカルザース弁護士で、ミス・オハラはゲームを見ており、トドハンター先生は暖炉の前に腰を下ろしていた。それぞれの寝室に居たのはハーモン女史とリンデン記者の奥さんとミスター・ウィットルジー。また、娯楽室に居たのはミスター・バークとコナント君、そして、今、確認した限りではミスター・ゲイロード、それから、わたし、ということですね。次にお伺いしますが、この時点から死体が発見されるまでのあいだに、それぞれいらっしゃった場所から離れた人はいるでしょうか」

しばしの沈黙があった。すると、チビのミスター・ウィットルジーがおどおどした調子で甲高い声を出した。

「は、はい、レイン先生」半分怯《おび》えたように鼻をすすりながら、彼は告白した。「あ、あたしは離れました」

その声に、わたしは驚いた。この男がそんなことを言ってくるとは予想もしていなかったからだ。

「ミスター・ウィットルジー、離れたんですか?」わたしは思わず大声で問いかけた。「いったい、どこへ行ったのでしょう」

彼は一瞬ためらい、いかにも恥ずかしそうに聞き取れないことをぼそぼそ言ったあと、わたしのもとへトコトコやってきて背伸びをすると、耳元で二言、三言囁《ささや》いた。

「ですが、出ていく人もやってくる人も、誰も見ませんでした」最後は普通の声で話を終えた。

まったく拍子抜けのことを言ってきたので、わたしは大笑いしてこのチビのおバカさんを蹴飛ばしてやりたいところだったが、ぐっと我慢した。

「わかりました」彼が元の位置の階段の下へそそくさと戻っていくと、わたしは続けた。「このラウンジに残っていた人についてはどうでしょう。クロスビー教授が出ていったあとに、ここを出た人はいらっしゃいますか」

またも、しばしの沈黙があったが、ややあって、カルザース弁護士が口を開いた。

「ええ、出ました。ミセス・ヘネシーが次に出す札を考えているあいだ、廊下のクロゼットにしまってある外套のポケットから新しい煙草の箱を取ってきました。ですが、席を空けていたのは一分もないでしょう」

「一分もあれば充分ですよ」トドハンター医師がおもむろに言った。「クロスビー教授を殺害するのに」

その発言への、カルザース弁護士の対応は冷静だった。

「たしかに……わたしに動機があったとしたらね」と、彼は答えた。「ですが、言わせていただきましょう。わたしはこの中で、ハルジーのあの狂った遺言状から何一つ得るもののない数少ない人間の一人です。さらに、殺人の機会について指摘するなら、トドハンター先生、あなただって果してラウンジにずっとおられたのか、あなた自身がそう仰るのをわれわれは信じるしかありません。座っていた長椅子の丈の高い背もたれの後ろに、あなたの姿は隠れていた。誰にも気づかれず、こっそり食堂との間の扉から出ていくのは容易だったのではないでしょうか［原注3］」

「一本取られましたな」トドハンター医師は鼻で笑うような調子で思わず言った。「ということであれば、人間性に問題がないうえ互いに互いのアリバイを証言できるミスター・バークとレイン先生を除いて、この中で完全なアリバイがあるのは女性三人のみとなりますね」

「そりゃ、どうも」ジム・バークがたいそう嫌味っぽい調子で返した。「自分の招いた客を殺した容疑者でないとわかっただけでもありがたい話だ。お返しできずに申し訳ないね」

今回の場合でなければ、この手の諍《いさか》いは大歓迎だった。というのは、赤裸々な真実が明るみに出るのは、往々にして、まさにこうした言い合いになったときだったからだ。しかし、ここでは女性が居ることに配慮し、一か八か成り行きに任せて結果を見るというやり方は避けたかった。誰かが熱《いき》り立って、その火が全員に燃え広がる前に、このやりとりは終わらせたほうが良さそうだとわたしは判断した。

「これ以上話し合っても、新たな情報は出ないでしょうから」と、わたしは言った。「クロスビー教授の殺害に関わった可能性の低い人が明らかになったところで、次に、誰が町まで車を走らせるか決めなければなりません。どなたか手を挙げてくださいますか。それとも、くじ引きにしますか」

「あたしが行こう」買って出たのはジム・バークだった。「ここの道には慣れてるし、身も心も健全なのはあたし一人らしいじゃないか。こんな夜遅くに、女性に運転させるわけにはいかんだろう」

しかし、またもハーモン女史が異議を唱えた。

「いいえ」彼女は厳しい口調で言った。「それには同意いたしかねますわ。あたくしたち、ここで殺人犯と一緒に待っていなくてはならないんでしたら、ミスター・バークに守っていただく必要がありますもの。どうして女性は行っちゃだめですの？　さほど危険じゃありませんわよ」

ギングリッチ看護婦が一歩進み出たらしかった。

「ハーモン女史の仰るとおりです。いつもながら」彼女は声高らかに言ったが、その口調から察するに、渋々だったのは明らかだった。「ミスター・バークにはここに居ていただかないと。わたしが行きます。どんな天候だとしても運転には自信がありますから」

反対の声はあがらなかったので、彼女は出発の準備のために寝室へ上がっていった。

「車庫から車を出して、玄関先までもってこようか」ギングリッチ看護婦が階段を半分まで上ったところで、その背中にゲイロードが声をかけた。

だが、彼女は申し出を断った。

「いいえ、大丈夫。わたしの車は気難し屋だから、知らない人だと動いてくれないときがあるの。自分でやるわ」

ゲイロードは毒のある笑い方をした。

「どうやら」彼は、他のみなに向かって言った。「お利口さんのミス・ギングリッチは、まだ俺を信用してないらしいな。きっと、ハンドルに細工か何かするとでも思ってんだろ」

「そりゃ、そうでしょ」とミセス・ヘネシーが言いかけたが、すぐに口を閉じた――おそらく、向こう脛《ずね》をデリーに思い切り蹴られたのだろう。

一分ほどで、ギングリッチ看護婦は戻ってきた。

「では、みなさん、わたしの幸運を祈っていてくださいな」彼女は扉を閉めながら、不気味な声を出しておどけた。「それから、ご自分たちの幸運もね。わたしより危険かもしれませんよ」

そうして彼女は、風が音をたてる夜の闇の中へと消えていった。


〔原注3〕このあたりで説明を入れるとわかりやすいだろう。ラウンジから山荘の裏側へつながる扉は二つあった。一つは暖炉に対して直角の壁にあり、食堂につながっていた。もう一つは同じ壁沿いの反対側の端の、ブリッジ用のテーブルが置かれていたところにあって、食堂と平行に伸びる裏の廊下につながっていた。

第六章

　ギングリッチ看護婦が扉を閉めると、一、二秒の静寂があった。それはまるで、演劇の第一幕が終わるや、客席がいきなり照明で煌々《こうこう》と照らされ、次の幕が開く前にロビーに出て一息つこうとしていた観客が動きを止めて目を慣らしているかのようだった。すると、バークが口を開いた。

「さて」事務的な口調で彼は言った。「ギングリッチ看護婦が警察を連れてくるまで、何をしたらいいか思いつかんし、少なく見積もっても二時間で戻ることはなかろう。寝なさい、なんて無理なことは言わんにしても、それまで少しばかり休もうじゃないか。ご婦人方は寝室に行って横になるのもいいが、男連中はここで全員一緒に夜を明かすのが良かろう」

　最初は少々不満の声も漏れたものの、最終的には、この提案に従うことになった。しかし、ミセス・ヘネシーは、誰か男の人が徹底的に調べてきてくれるまで寝室に行くのは絶対に嫌だ、と言った――ベッドの下にならず者の殺人鬼が潜んでいないことを確認してくれるまで、という意味だったのだろう。

「僕が見てきましょう」手を挙げたのはコナントだった。「二階へ行ってパジャマを着替えてきたいので」

コナントが階段を上り始めると、ミスター・ウィットルジーもあとに続いた。バスローブの丈が短すぎて、古臭い寝巻きのよれよれになった裾《すそ》が丸見えだと突然気になり始めたんじゃないか、と誰かが言った。

二人が行ってしまうと、ミセス・ヘネシーがわたしを横へ引っ張っていった。

「レイン先生、お耳に入れておいたほうがいいと思うことがあるの」彼女は言った。鳥の鉤爪《かぎづめ》のような硬くて乾いた指が、わたしの手首と前腕に巻きついた。「絶対的な確信はないんだけど、クロスビー教授は誰かに呼ばれてラウンジから出ていったんじゃないかと思うの」

これは新たな情報だった。

「呼ばれてですって？ ミセス・ヘネシー」わたしは聞き返した。「誰かが教授に声をかけたという意味ですか？」

「いえ、ちょっと違うの。あのね……ええと、ちゃんとお話しするわね」

逃げ出すのではないかとでも思っているように、彼女は硬く小さな鉤爪をわたしの手首にさらに少々深く喰い込ませてから、話を続けた。

「さっきのブリッジの勝負のとき、クロスビー教授はあたしのパートナーだったの。だから、あたしたち、向かい合って座ってたわけ。あたしは廊下側の扉に背中を向けて、教授は顔を向けてね。教授がダミーになって、ちょうどあたしのほうに手札を広げてるとき、あの人、目を上げて、まるで誰かがあたしの後ろ側の扉のところに立ってるみたいに、あたしの向こうを見たの。でも、何も言わずに手札を並べ終えて、そのあと、『失敬して食堂で水を飲んでくる』って、出てっちゃったの」

「それであなたは、扉のところに立っていた人物の合図に応えて教授は席を立ったのではないか、と思っているわけですね」

「そう」ミセス・ヘネシーは答えた。そして、いきなり芝居がかった声になった。「この部屋から巧妙に誘い出されたんだわ……殺人鬼に！」

その可能性はあった。そこまでは認めよう。クロスビー教授が呼ばれて出ていったのだとすれば、殺害されるまでの時間はそれまで一〇分ほどと考えていたのだが、八分以内に絞ることができた。だが、それだけではなかった。そうなると、クロスビー教授がラウンジを出た時刻が極めて重要となった。なぜなら、カルザース弁護士が試算したようにそのおよそ八分後にバークとわたしが一階に戻ってきたのだとしたら、ゲイロードには現場不在証明《アリバイ》があることになったからだ。ゲイロードは実質そのくらいの時間はわたしたちとともに娯楽室に居たのだから。しかし、デリーが主張したように一〇分近く経っていたとしたら、少なくともゲイロードには二分の空白時間があることになった。二分もあれば、人を殺すには充分だった。

「ミセス・ヘネシー」わたしは言った。「慎重に考えてください。あなたの答えがかなりの部分を左右することになるかもしれません。思い出せる限り、クロスビー教授がこのラウンジを出ていってからミスター・バークとわたしがここに戻ってくるまでのあいだは、どちらかと言えば五分に近かったでしょうか、それとも一〇分に近かったでしょうか」

答えは瞬時に返ってきた。

「どちらかと言えば五分」ミセス・ヘネシーは断言した。そして、この女性がこんな鋭い洞察力をもっているとは思ってもみなかったのだが、「あなた、ゲイロードさんがクロスビー教授を殺した証拠を探そうとしてるなら、まちがってるわよ。あの子は誰も殺しちゃいない。ギングリッチがどう言おうとね。あの子は自分が言ったとおりの時間にこのラウンジを出ていったし、教授が出ていくまでたっぷり三分はあったわよ」と言った。

わたしは溜め息をつき、それ以上訊ねるのをやめた。ミセス・ヘネシーは、時間についての自分の意見を断固曲げまいとしているのか、それともスティーブン・ゲイロードを庇《かば》おうとしているのか、いずれにせよ、何か目的があるなら嘘をつくのも可能だったろう。もちろん、わたしに、ゲイロードが犯人である証拠を摑《つか》みたいという他意——他ならぬデリーを巡って——があるはずはなかった。解決すべきは殺人事件である。こうしたときに特定の個人に矛先を向けるなど、もっての外だろう。

わたしは、ミセス・ヘネシーに引っ張っていかれる前に、多かれ少なかれ、みなが寄り集まっていたラウンジの中央へ顔を向けた。

「女性の方々が二階へ行かれる前に」と、わたしは呼びかけた。「ちょっとした実験に協力していただけませんか。ミスター・ゲイロードがブリッジのテーブルから立ち上がってギングリッチ看護婦に席を譲った時点の、みなさんそれぞれの場所に戻ってほしいのです。ギングリッチ看護婦は行ってしまったので、ハーモン女史、彼女の代役をやってもらえ——」

ジム・バークがわたしの呼びかけを遮った。

「悪いが、レインさん、ほとんど誰もここには残っちゃいないんだよ。居るのはオハラ嬢とハーモン女史とあたしだけだ」

「スティーブは二階へ行って、もう一度電話を見てくるって」何かしら役に立とうとデリーが言った。「トドハンター先生はリンデン記者の奥さんがちゃんと眠ってるか見に行ったみたい」

「カルザース弁護士は？」わたしは訊ねた。そんなふうに散り散りになってしまうのだけは避けたかった。

「ここです」カルザース弁護士が返事して、廊下から戻ってきた。彼はバークに向かって、「ミスター・バーク、ポーチに出る通用口の錠が掛かっていないのをご存じでしたか」と訊ねた。

「何てこった、知らなかった！」バークは思わず声を張りあげた。そのあと、それがどういう可能性を意味するのかに気づいた。「まさかと思うが……」

「犯人は部外者で、そこから入ってきて、そして出ていったのでは」カルザース弁護士はバークに代わって言葉を結んだ。「そうかもしれませんね。通用口付近に足跡はありませんでしたが、あったとしても、雪が降っているので、すでに消えてしまったんでしょう」

「ああ、そうだといいんだけど！」心から祈るようなデリーの声が聞こえた。「だって、そのほうがずっとましじゃないの――」

ちょうどそのとき、ゲイロードが階段を下りてきた。

「もう一度、電話を見てみたんだけど」彼は言った。嫌な予感のする不気味な声だった。「通じないのは嵐のせいじゃないよ。みんな、多少なりとも、そう思ってただろうけど。誰かが書斎の窓から身を乗り出して電話線をちょん切ったらしい。窓台の下からたっぷり三フィート（約九〇センチメートル）も切り取ってやがる」

バークがミセス・ヘネシーには取り乱すなと、ハーモン女史には憤慨するなと厳しく命じた。

「さて、カルザース君、あんたの言う余所者《よそもの》説は」と、バークは結論した。「木っ端微塵に砕け散ったな」

「そうとは限りませんよ」カルザース弁護士は反論した。「部外者だとしても、通報される心配なく確実に事に当たれるよう、まずは電話線を切ることもありえるはずです。電話線が引き込まれている場所を山荘の外から見つけて、部屋を特定した可能性もあります」

ハーモン女史が鼻を鳴らした。

「まあ、くだらない。カルザース弁護士ったら！」彼女はもどかしそうに叫んだ。「教授を殺したのは強盗じゃないってことくらい、おわかりでしょ。あたくしたちもみな、わかってますわ」

コナントとミスター・ウィットルジーが一緒に階段を下りてきた。

「大丈夫ですよ」と、コナントが言った。「失礼ながら寝室をすべて見て回って、僕の任務は果たしてきました。どこにも誰も隠れていませんでしたよ。さあ、女性の方々は安心して二階へ上がってください」

「二階へは行かないことになったのよ」ミセス・ヘネシーが出しゃばった。「レイン先生が殺人シーンをあたしたちに再上演してほしいんですって」

わたしはブリッジをしていたときの様子を再現してもらいたい理由を大まかに説明し、クロスビー教授がラウンジを出た時刻を可能な限り正確に知ることがいかに重要かを強調した。二人は快くこの試みに同意してくれた。犯人の特定はできないかもしれないが、少なくとも無実の人の容疑は晴らせると理解してくれたのだと思う。

わたしの指示で、バークとコナントは娯楽室へと下りていった。ゲイロードがやってくる時間と、そのあと、それぞれが娯楽室を出ていく時間を記録してもらうためだ。わたしは二人とは一緒に行かず、その場に残ってラウンジでの人の動きを確認することにした。ミスター・ウィットルジーはわたしの頼みを聞き入れ、ブリッジ用テーブルのクロスビー教授が座っていた椅子に渋々ながら腰を下ろしてくれた。

「最初のときと逐一同じことをくり返したほうがいいんですよね、レイン先生」カルザース弁護士が質問した。「ということは、手札も同じにしたほうがいいんでしょうか。それとも新たに配り直しますか？」

わたしはしばし考えた。

「新たに配り直しましょう」と、わたしは判断した。「手札が同じだと、おそらくみなさん、どの札を出したか記憶に残っているでしょうから、普段の勝負のときのように迷う時間がなくなるかもしれません。迷う時間を考慮に入れる必要があります。いずれにせよ、できる限り最初のときと同じ速さで勝負を進めるようにしてください」

「なるほど」カルザース弁護士は納得したようだった。「では、先ほど札を配ったのはわたしだったので……」

シューという微《かす》かな音とともに、彼はトランプのすべての札を自分のほうへ引き寄せた。

「切ってください」カルザース弁護士は右隣に座っていたミスター・ウィットルジーに言った。

おチビさんはしばらくためらっていたが、落ち着きなく鼻をすすりながら言われたとおりに札を切り始めた。

「あたくしは、いつ頃入っていけばよろしいのかしら」ハーモン女史が、階段の上り口のところから訊いてきた。

「今だ」ゲイロードが答えた。ゲイロードは椅子を後ろに押しやって立ち上がると、素人劇団員のセリフの稽古のような大仰な口調でこう唱えた。「俺の席に座ってくれませんか、ギングリッチさん。ちょうど次の勝負が始まるところなんです」

「あら、違うわよ」ミセス・ヘネシーが言った。「あなた、カルザース弁護士が札を配り始めてからテーブルを立ったわ」

「悪いけど」口調は穏やかだったが、きっぱりとゲイロードは言った。「はっきり憶えてるんだ。俺はクロスビー教授が札を切り始めるとほぼ同時に立ち上がった」

「ちょっと、そんなこと大きな問題?」デリーがうんざりしたように大声で言った。「どっちだって、ほんの数秒の違いでしょ。さっ、ハーモンさん、スティーブの席に座って」

ハーモン女史が重々しい足取りでラウンジを横切り、ゲイロードが立ち上がったばかりの椅子に腰を下ろした。

「今、一一時五三分」デリーが任務遂行中といった調子で時刻を告げた。「どなたか、メモ用紙をください。書き留めておきたいから」

カルザース弁護士が札を配るあいだ、わたしはゲイロードが一分ほどラウンジの中を当てもなく動き回る足音を聞いていた。そのあと、廊下に通じる扉が開き、そして閉まったので、彼が娯楽室へと下りていったことがわかった。

「一一時五四分」デリーがわたしのために告げてくれた。

カルザース弁護士が宣言《ビッド》を終え、ミセス・ヘネシーの番になり、彼女はツー・クラブ（Two-Club。コントラクトブリッジの用語。〝クラブを切り札にして八回勝つ〟の意。「訳者あとがき」参照）とビッドした。次にハーモン女史の番になった。

「ちょっと考えさせてちょうだい」重大問題でも扱っているかのように彼女は息を切らせた。「まだ作戦がまとまってない……」

「あなたはパスするんですよ」と、カルザース弁護士が教えてあげた。

「でも、あたくし、ビッドできましてよ――」ハーモン女史が不満そうに言い始めると、デリーが口を挟んだ。

「ごめんなさいね、ハーモンさん」彼女はかわいらしい口調で言った。「でも、これ、ブリッジの勝ち抜き大会じゃないんです。殺人事件の再現なの。ギングリッチ看護婦がやったのと同じことをやらないと」

年嵩の女性は、いかにも彼女らしく鼻を鳴らした。

「みなさんは、もちろん、お気づきでしょうけど」高慢ちきな調子でハーモン女史は言ってのけた。「もともとの勝負の場面を再現するだなんて、まったくもって無茶なお話でしょうよ。手札が違うんだから。そんなことしたって――」

「それは承知の上です、ハーモン女史」言い合いが始まって時間が無駄になる前に、わたしは割って入った。「ですから、それも考慮に入れたうえで再現しなければなりません。さあ、続けてください、ミスター・ウィットルジー」

カルザース弁護士に促されておチビさんもパスし――どうせ、この人のパートナーがビッドしたツー・クラブが契約《コントラクト》になるんだから、とブツブツ文句を言っていたハーモン女史も無視《パス》されて――ミセス・ヘネシーが最初にビッドしたツー・クラブがコントラクトに決まった。こうしてハーモン女史が最初の札を出すことになり、そのあとミスター・ウィットルジーが再度カルザース弁護士に促され、手札をテーブルの上に広げ始めた。

「出ていくのは今でしょうかな」広げ終えたミスター・ウィットルジーがおどおどと訊ねた。

「そうです」とデリーは言うと、ついでに「一一時五六分」と続けた。

おチビさんは立ち上がり、足を引きずるようにして廊下に通じる扉のところまで進んで、ゲームが続くあいだ、そこに留まった。

一トリック目も二トリック目も（トリックはコントラクトブリッジの用語で、「一巡」の意。「訳者あとがき」参照）ミセス・ヘネシーが勝ったところで、カルザース弁護士も立ち上がった。

「ここで、わたしは煙草を取りに行きました」彼はそう告げると、扉へ向かった。

ところが、行きついた瞬間、その扉が開いた。

「寝室まで上がらずにここへ戻ってきたほうがいいかな、と思って」そう言いながらラウンジに入ってきたのはコナントだった。「よかったかな、パット」

わたしが答えるより早く、カルザース弁護士が口を開いた。

「ちょっと待ってください。これはおかしいなあ。さっきは、あなたと顔を合わせてませんよね、ミスター・コナント」

「ええ」コナントは答えた。「さっきはここを通りませんでしたから」

「だとしても、少なくとも廊下では顔を合わせたはずじゃないでしょうか」カルザース弁護士は引き下がらなかった。「娯楽室を出てくるのが早すぎたか、あるいは遅かったのではありませんか？」

ハーモン女史が、業を煮やして手札を放り出した。

「ああ、くだらない！」彼女は声を張りあげた。「こんなのうまくいくわけないって、あたくし最初に申しましたでしょ。時間の無駄でしかないわ」

「あなたがつべこべ言って、いちいち中断させなければ、万事うまくいくはずですけど」とデリーは言うと、廊下へ出てゆき、「スティーブ」と呼びかけた。「娯楽室に到着した時刻は？」

「一一時五五分」地下へ続く階段の下から彼は返事した。「俺たち、もう上っていってもいいか、レインさんに訊いてくれる？」

「ああ、いいよ」わたしは答えた。「どこかに思い違いがあったようだ」

ゲイロードとバークが一緒に階段を上ってきた。

「スティーブが、コナントとあたしのところに来たのは一一時五五分だった」バークが報告した。

「コナントが出ていったのは一一時五七分。コナントはスティーブが入ってきて二分くらい経ってから出ていったと、あたしらは判断したんだがね」と、彼はつけ加えた。

「一一時五五分！」ミセス・ヘネシーが、太ったネズミに襲いかかる痩せたネコのように、その時刻に飛びついた。「なら、クロスビー教授は一一時五六分にここを出ていったんだから、ゲイロードさんが娯楽室に到着してからたっぷり一分は経ってたわけね」

「そんなの当てになるもんですか」ハーモン女史が貶《けな》すような口調で言った。「そんな時刻が全部まちがっているのは、たった今、カルザース弁護士とミスター・コナントが証明したじゃありませんか」

　ハーモン女史はもどかしそうに片足で床をしばらくのあいだトントン叩《たた》いていたが、いきなり、こんなことを言いだした。

「どこでまちがったのか、あたくし、わかりますわよ。スティーブン・ゲイロードは、ご本人が主張しているようには、実際は娯楽室へ向かってないのよ。実際のとおり行っていたなら、ミスター・コナントはカルザース弁護士が煙草を取りに行ったあとに階段を上がってきたはずですわ。ということは――」

「いや、違うね」ゲイロードは語気を強めた。苛立ちで、乱暴な口調になりつつあった。「たいして変わっちゃないけど、娯楽室には今回よりさっきのほうが早く着いたくらいだ。俺が――」

　やりとりはここで中断となった。二階へ行っていたトドハンター医師が戻ってきたのだ。

「ミセス・リンデンは眠っていませんでした。ギングリッチ看護婦は眠っていると言っていたが」トドハンター医師は出し抜けに言った。「今回の件を伝えたところ……」しばしの沈黙のあと、彼はこう締めくくった。「あの女性が、まったく知らなかったとは言いきれない」

この言葉が何を意味するのか、全員が理解するまで少々時間がかかった。しばらくすると、カルザース弁護士が憤慨して大声を出した。

「ちょっと、トドハンター先生。あなたが仰《おっしゃ》りたいのは、エルサ・リンデンが——」

「わたしは何も言いたいわけではありません」トドハンター医師は冷ややかな調子を崩さず、カルザース弁護士にそれ以上言わせなかった。「わたしはただ、あの女性が、指示されたにもかかわらず受け取った睡眠薬を服用しなかった事実を考えた場合、どのような可能性が生じるかを指摘しているだけです。疑念を抱くべき状況なのか、わたしは判断する立場にない」

不意に、ミスター・ウィットルジーが扉のところから大声を出した。

「ギングリッチ看護婦と言えば」前置きに鼻を一回すすってから、彼は言葉を続けた。「まだ出発していないのは奇妙ですな。車庫へは三〇分以上前に出ていきましたがな」

シャワーからいきなり冷水が出てきて体に痺《しび》れが走ったかのように、全員が動きを止めた。

「そうだな」間を置いて、バークが答えた。「車が車庫を出たなら、この山小屋の前を通り過ぎる音が聞こえたはずだ」

「もしかしたら嵐の音で……」ミセス・ヘネシーが祈るような声で言いかけた。半狂乱になりませんように、という自分のための祈りだった。

「いや」カルザース弁護士が言った。「風については、ギングリッチ看護婦が出ていってからはさほど吹いていませんよ」そして、誰の耳にも明らかな、意味ありげな口調でこう続けた。「車庫まで行って、どうしてまだ出発できないのか確認してきたほうがいいと思います」

カルザース弁護士とバークとトドハンター医師が車庫へ向かい、わたしたちはラウンジで待った。一五分ほどして三人は戻ってきたが、彼らからの容赦ない報告は、わたしたちの悪い予感が的中したことを裏付けたにすぎなかった。

ギングリッチ看護婦は自分の小さな車の中に居た。ドアをきっちり閉め、エンジンを掛けっ放しのまま。三人がかりで引っぱり出したときには、一酸化炭素中毒ですでに事切れていた。

だが、それだけではなかった。車庫にあった車のタイヤが一つ残らず切り裂かれ、助けを求めて車を出そうにも、もはや不可能だったのである。

第七章

　バークが報告を終えると、あまりの衝撃に場は水を打ったように静まりかえった。しばらくのあいだ、彼の言葉の意味を充分に理解した者はいなかったように思えた。

　最初に理解したのはミセス・ヘネシーだった。実に彼女らしく、ギングリッチ看護婦のことより、車の被害にひどく動揺したに違いなかった。

「ということは」彼女の黄色い声が響き渡った。「今夜は全員ここにいろってわけね……殺人鬼と一緒に閉じ込められてろってことね」

「それ以外、どうすることもできんだろう」バークは冷たい口調で返事した。「朝まで、あるいは助けを呼ぶ方法が何かしら見つかるまで、じっと大人しくしてるしかなかろう」

「そんなこと言ったってさ！」スティーブン・ゲイロードも納得しなかった。「無理だぜ！　仲間が二人も死んじまったんだ。このままここに居たら、全滅ってことにもなりかねないぜ」

「ミスター・ゲイロードの仰《おっしゃ》るとおりですわ」ハーモン女史も同意した。それまでゲイロードを犯人呼ばわりしていたのを明らかに忘れたようだった。「全員を殺すつもりでなかったら、なぜ車のタイヤが切りつけられているんですの？　ここでじっとしていて殺されるのを待つなんてごめんだわ。冗談じゃない！」

「同感です！」ミスター・ウィットルジーが叫んだ。甲高く哀れっぽい鼻声が、まるで酸のように神経を刺激した。「殺人鬼がここで野放しになってるってのに、大人しくしていろと、この人は仰るのか！　あたしゃ、ここから逃げ出したい！」

すると突然、廊下に通じる扉のほうから新たな声が飛んできた。エルサ・リンデンの声だった。誰にも気づかれず、静かにラウンジに入ってきていたのだった。

「やっと、わかったわね」皮肉たっぷりの、しかし、狂気じみた歓喜に満ちたような、高揚した声だった。「死の影に怯《おび》えて生きるのがどういうものか。死が少しずつ忍び寄ってくるのを感じながら、それでも逃げられないのがどういうものか。あなたたちはわたしの夫にそんな思いをさせた。無実の夫に。今度はあなたたちが身をもってそれを知る番よ。しかも、あなたたちは無実ではない」

「エルサ、やめるんだ！」カルザース弁護士が激しい口調で叫んだ。しかし、何も耳に入らないのか、リンデン記者の妻は構わず言葉を続けた。

「あなたたちはボブ（ロバートの愛称）・リンデンを殺した。ウィリアム・ハルジーがジェームズ・フルトンを殺したように。けれど、あのハルジーにすら彼なりの目的があった。それに引き換え、あなたたちには目的なんてなかった。ただ、名もない、梲《うだつ》の上がらない俗人の集団が、神のみのもつ権利を手に入れただけ。人の命を奪う権利を。そして、その権利をあなたたちは行使した。行使できることを示すためだけに。さらには、行使したことを性根の腐った新聞社に称賛してもらいたいがためだけに。さあ、ついに、あなたたちに審判が下されるときが来た。これから――」

話が終わらぬうちにガシャンと椅子のひっくり返る音がして、半狂乱になったミセス・ヘネシーのキャンキャンとわめきたてる声が響いた。

「誰か、この女を黙らせてよ！」ミセス・ヘネシーは絶叫した。「もう耐えられない！　あたしは――」

ミセス・ヘネシーはすすり泣き始めた。しゃくり上げるたびに短い息が震え、まるで喉の中で息が固まってしまったかのようだった。

トドハンター医師の声が冷たい鋼《はがね》の刃《やいば》のように、その音を断ち切った。

「おやめなさい、ミセス・ヘネシー！」頭ごなしに命ずる口調だった。「今は取り乱すときではありません」そのあと彼は、リンデン記者の妻に向かって言った。「あなたもです。神経症患者の泣き言など、わたしたちはこれ以上聞きたくない」

リンデン記者の妻は大声をあげて笑った。嘲笑ではなかった。陰湿な快楽の笑いだった。何とも表現しがたい不気味な声。どうあがいても無駄な状況に陥ってしまったことを、その声は物語っていた。

「ええ、そうでしょうね」リンデン記者の妻は言った。「この新たな恐怖が差し迫るなか、わたしの言葉に耳を傾けている暇などないでしょうね。恐怖は少しずつ忍び寄ってくる。けれども、あなたたちになす術《すべ》はない。わたしは神に祈ります。あなたたちが恐怖の餌食とならんことを。最後の一人に至るまで！」

鈍い音をたてて扉が閉まり、彼女はラウンジを出ていった。

「何てこった！」ジム・バークが重苦しい息を吐いた。「あの女を見ると身の毛がよだつ」彼は立ち上がると、ラウンジの反対側の隅へ向かった。「あたしは強い酒《ヤツ》を一杯やろうと思うがね」彼は声高に言った。「誰か一緒にどうだい」

だが、誘いに乗る者はいなかった。

ミセス・ヘネシーは相変わらずすすり泣いていたが、先ほどよりは静かになっていた。

「そこのテーブルの上のハンドバッグを取ってくださらない？　アリス」彼女はハーモン女史に言った。「いつものカプセルを二つ飲みたい気分なの」

ハーモン女史は立ち上がると、ラウンジを横切り、ブリッジ用のテーブルへ向かった。一歩ごとに、彼女の靴の低い踵《かかと》が寄せ木張りの床を重々しく叩《たた》いた。だが、ハンドバッグを手にして戻ろうとすると、トドハンター医師が行く手を阻んだようだった。

「少し待ってください」彼が一歩進み出る足音がした。「この山荘の中では、カプセルを渡すにしても受け取るにしても、その前に内容物を確かめさせていただきたい」

ミセス・ヘネシーは憤慨のあまり、自分がすすり泣いていたのを忘れたようだった。

「まあ、何てこと言うの！」彼女は叫んだ。「ただの頭痛薬よ。イライラして頭が痛いときいつも飲んでるのよ。今まさに頭が痛いんだから」最後の一言は、哀れを誘うような声になっていた。

だが、この医者に、それは通用しなかった。

「いわゆる頭痛薬の散剤は、食後のキャンディーのように口にするものではありませんよ」医者は彼女を諭した。「アセトアニリドのような危険な物質が含まれている場合が少なからずありますから。それらは常習性を有するだけでなく、むやみに服用すれば高い毒性を発揮し、死を招くことさえあるのです。ミセス・ヘネシー、もし、それらを常用しているのであれば、一刻も早く習慣を改めてください」

「でも、それがなきゃダメなの」ミセス・ヘネシーは駄々っ子のように訴えた。「あたしの頭痛はそれじゃなきゃ治らないの。いったいあなたに何の関係があるの？　あたしのかかりつけ医でもないくせに」

「そんな物を飲む必要はない」彼女の問いかけにも言及にも一切耳を貸さず、トドハンター医師はミセス・ヘネシーの訴えを撥《は》ねつけた。「必要だと思い込んでいるだけです。頭が痛いのなら別の薬をあげましょう」

「あたしのカプセルが飲めないんだったら、何にもいらない」彼女は不貞腐れて、「それに」と、わざと悪意を込めた口調で続けた。「ひょっとしたら人殺しはあなたで、あたしに毒を飲ませようとしてるのかもしれないもの」

否定してくるのを待ち構えるかのようにミセス・ヘネシーは一呼吸置いたが、何も返ってこなかったのでそのまま続けた。

「もう寝室へ行くわ。扉に錠を掛けるから。少なくとも部屋の中にいれば安全でしょ」

ミセス・ヘネシーのハイヒールが憎々しげにコツコツと、まるで老婆の入れ歯のような音をたてて床を横切り、そのあと階段を上っていった。足音が消えると、バークが口を開いた。

「たしかに、ちょいとばかり強引だったな、トドハンターさん。で、そのカプセルってのは？　本当に毒なのかい？」

「実際の話、いかなる薬もそれなりの量を服用すれば毒になりえるのです」医者は答えた。「それにもかかわらず、アメリカでは、そうした薬を市販薬として服用することが、愚かしくも国民の習慣となっている。わたしは、機会を見つけては、その習慣を根絶しようとしているのです」

「理由がそれだけなら、彼女にそいつを飲ませてやってもよかったんじゃないかね」バークは唸《うな》るように言った。「細かい事にこだわってる状況じゃなかろうよ」

「その判断はわたしに委ねていただきたい」トドハンター医師は言った。そのあと、ミセス・ヘネシーのハンドバッグを取り上げ、ブリッジ用のテーブルの上に中身を空けて、選り分ける音が聞こえてきた。

「ありました」しばらくして、彼は声高に言った。「思ったとおり、アセトアニリドが含まれている……一カプセルに二・二五グラム。まったく、こんな物を過剰摂取していたら、いつ死んでもおかしくない！」

「それも悪くないかも」そんなひどいことを言う低い声が聞こえたが、誰の口から出たのか、わたしにはわからなかった。

その呟《つぶや》きは、トドハンター医師の耳には届かなかったのだろうか。それとも、無視しただけだったのだろうか。

「これらは一時間毎に一つずつ、三回まで服用可能と処方されるカプセルです。そして、ミセス・

ヘネシーは最初から二つ飲もうとした。これらを彼女に持たせたままにしておくことがいかに危険か、みなさんもおわかりになるでしょう。ですから、納得のゆく反論が出ないようであれば」反論などさせるものか、という態度があからさまな口調だった。「わたしに任せていただきたい」

「どうするんですか」コナントが訊ねた。

医者は冷ややかな笑い声をたてた。

「これを使って誰かを毒殺しようなどとは考えていませんよ。もし、そうしたことを疑っているなら」彼は答えた。「第一に、わたしは今回の事件の犯人ではない。第二に、もし犯人だったとしても、この代物がわたしの手中にあるとみなさんわかっているなかで、これらを犯罪目的に使用するほどわたしも愚かではありません。ただ台所へ持っていって、内容物を出して、無害な物と入れ替えようというわけです。そのあと、ミセス・ヘネシーに返すことにしましょう。みなさんの異存がなければ」

トドハンター医師がラウンジを出ていったあとも、張りつめた静寂が続いた。やがて、ハーモン女史が口を開いた。

「あたくしは、あの男性を信用しませんわよ」彼女は歯に衣着せず言った。「何かしらの毒をあのカプセルに入れかねませんことよ」

「あら、ハーモンさん」デリーがいかにも無邪気な口調で反応した。「あなたの本命の容疑者はミスター・ゲイロードだと思ってました」

「ええ、そのとおり」ハーモン女史が言い返した。「ですけど、無駄になるかもしれない賭けには出ないことにしていますの」

「要は」ゲイロードがデリーに向かって、しかし、もう一方の女性にも聞こえる声で言った。「心優しいアリスさんは、俺たちのことは誰一人、信用してないんだよ」

カルザース弁護士が、みなの注意を引こうと咳払いした。

「ふと思ったのですが」彼は言った。「この殺人事件を別の角度から見てみるのはどうでしょう。どなたも声に出して仰いませんが、クロスビー教授とギングリッチ看護婦はリンデン事件裁判の陪審員であり、ハルジーの遺言状に記された遺産受取人であるがゆえに殺害されたと、われわれは決めてかかっている。しかし、それが理由でないとしたらどうでしょう。誰かが、遺産とはまったく無関係な動機でクロスビー教授の殺害計画を立てた——そして、実際に殺害した——のだとしたら。そうだとしたら、みなさん全員が揃っているこの場所で殺されたのは、ある意味でまったくの偶然だったかもしれません」

バークが半分馬鹿にしたような声で笑った。

「余所者《よそもの》説を、まだくどくど言い続けるつもりかね、カルザース君」バークは言った。「ふむ、クロスビーについてはそんな説明もできるかもしれんが、ギングリッチ看護婦はどうなんだね。殺されたのが一人ならたまたまもありえるが、二人もだなんて、たまげた話があるもんか」

「最後まで説明させていただけると嬉しいのですが」カルザース弁護士は穏やかに言った。「ギングリッチ看護婦は、警察を呼びに行くためにここを出ようとして殺害されました。それが彼女の殺害理由とは考えられないでしょうか」

その発言に、周囲は騒然となった。すると、ハーモン女史が誰より大きな声を出した。

「でしたら」嫌味っぽい口調だった。「ギングリッチ看護婦もクロスビー教授と同じように、今夜のお夕食の席でご本人が提案なさった方法で殺されましたけど、それも、偶然ということですわね」

「そうは言っていません」カルザース弁護士は答えた。「たしかに彼女の殺害状況は本人が提案した方法そのものです。こちらについては、部外者だと言うつもりはありません。誰かが犯人に入れ知恵した可能性もあります」

「あんたがハルジーの手紙を読みあげて、俺たちに入れ知恵したみたいにな」ゲイロードがちくりと言った。

カルザース弁護士が口を開こうとすると、廊下側の扉が開き、トドハンター医師が戻ってきた。

「さあ、これで、ミセス・ヘネシーはいつでもカプセルを飲むことができます。まだ必要としているならば、ですが」彼は言った。「頭痛用の散剤を出して、代わりに食糧貯蔵室にあった料理用のグラニュー糖を詰めてきました」

「グラニュー糖？」デリーが聞き返した。「でも、味が違うってわかるでしょうに」

「いいえ、ミス・オハラ」トドハンター医師は答えた。「常日頃、カプセルは嚙まずに飲み込んでいることをお忘れではありませんか。事実、カプセルを使用する第一の目的は、含まれている薬剤の味を消すことですから。ミセス・ヘネシーは何も気づかないでしょう。お約束しますよ」

「ですけど、そこに入ってるのがグラニュー糖だけだって、あたくしたちにはどうやってわかるのかしら」ハーモン女史が猜疑心に満ちた口調で質問した。「あなたがそう仰る以外に」

トドハンター医師は無言でラウンジを横切ると、座っていたわたしのところへやってきた。

「レイン先生」彼は言った。その声はヘビの表皮のように滑らかだったが、ヘビの毒牙のごとき危うさを含んでいた。「この箱を手に持って、中からお好きなカプセルを一つ選んでください。そして、それをわたしにいただけますか」

わたしは言われたとおりにした。彼が何をしようとしているのか察しはついたが、すぐさまデリーが驚きの声をあげたので、自分の推測が正しかったことがわかった。

「あらま！」デリーは息を呑んだ。「先生ったら、ご自分で飲み込んじゃった！」

「いかにも」トドハンター医師は何事もなかったように自信たっぷりの口調で言った。「これでハーモン女史も、カプセルの内容物に毒性はないと安心なさったのではないでしょうか。では、レイン先生、その箱をハーモン女史にお渡しいただけますか。彼女から親友のミセス・ヘネシーに直接返してもらうのが良いでしょう」

わたしは箱を突き出したが、ハーモン女史は触ろうとすらしなかった。

「あたくし、こんなことには関わりたくございません」彼女は不愛想に言った。「もう寝室へ行きますわ」

一〇分ほど前のミセス・ヘネシーと同様、彼女もまた軽やかとは言えない足取りで階段を上っていった。

「今、急に思ったんだがね、全員で寝室に行くのも悪くないかもしれんな」バークが言った。「どの扉にも頑丈な錠前が取り付けてある。必要と思うなら錠を掛けるといい。それに、カルザース君の考えが正しいとしたら、気をつけてさえいれば、あたしらについちゃ身は安全だ」

「カルザース弁護士の考えとは？」トドハンター医師が訊ねた。

ゲイロードが先ほどの話を説明した。

トドハンター医師は、二、三秒考えてから言った。

「ないこともないですね。ともあれ、誰にとっても睡眠は必要です。人が殺されようが殺されまいが。ミスター・バークの仰るように、各自、寝室へ行くのが良いでしょう。朝になれば、これからどういう手段を取るべきか、より明確な判断ができるはずです」

今回は反対の声はあがらなかったので、めいめい階段へ向かって進み始めた。

わたしがブリッジ用のテーブルの脇を通り過ぎようとすると、何かが手をかすめた。その感触から、ミセス・ヘネシーのハンドバッグに違いなかった。カプセルの入った箱をまだ手に持ったままだったわたしは、足を止め、箱をハンドバッグの中へ入れた。そして、わたしを待ってくれていたコナントのもとへ向かおうとすると、カルザース弁護士が背後から声をかけてきた。

「一、二分、ここでお時間をいただけませんか、レイン先生」彼は言った。「ご相談したいことがありまして」

わたしは振り返った。

「いいですよ。何でしょう」

だが、カルザース弁護士は言い淀んでいた。

それを察したコナントが、階段の上り口のところから声をかけてきた。

「先に二階に行ってるよ、パット」気を遣ったのだった。「話が済んだら、カルザースさんに連れてきてもらって」コナントはそのまま階段を上っていった。

「何て物わかりのいい男だ」二階の廊下で歩を進めるコナントの足音が消えてしまうと、カルザース弁護士はそんな感想を漏らした。「彼が居ても構わなかったんですがね、だが——まあ、知っている人間が少ないに越したことはない」

カルザース弁護士はここで一呼吸置いた。マッチを擦る音が聞こえ、彼は煙草に火を点けると、再び口を開いた。

「先ほどそこで、クロスビー教授の死はハルジーの遺言状とは無関係かもしれないと言ったのがまったくのデタラメだったことは、あなたならお気づきだったでしょう。ですが、あのハーモンおばさんの暴走を止めるには、何かしら口出しする必要がありましたからね」

「おみごとです」わたしは言った。「しかし、いかにもピリピリしていたのはハーモン女史ばかりではありませんでしたね。自分からは決して言わないでしょうが、トドハンター先生もかなり神経過敏になっています。コナント君も限界に来ているので、夜になってからずっと心配しているんです。彼はハルジーの告白にかなりひどく打ちのめされていて、少しばかり心のバランスを崩してしまっている。あの裁判で、コナント君は、被告人を無罪と判断していたのを憶えていらっしゃいますよね。そういうわけで、彼はすべて自分が悪いと自責の念に駆られ始めているんです。評決の最終段階でトドハンター先生をはじめとする他の人たちの意見に流されてしまった、と」

「それについては、どことなく察していました」カルザース弁護士は煙草をくわえたまま言った。「わたしがハルジーの手紙を読んだとき、いきなり感情を爆発させましたからね。ところで、わたしがお話ししたかったのはですね、レイン先生」彼は煙草を口から外し、盗み聞きされてはいないだろうかとでも思っているように声の調子を僅《わず》かに落とした。「助けを求めに、町まで歩いて行ってみようと思うんです」

「歩いて！」わたしの声が響き渡ってしまった。「でも、一五マイル（約二四キロメートル）近くありますよ。いやいや、とても無理でしょう。雪の中で立ち往生してしまう」

「雪なら三〇分ほど前にやんでいます。風のほうは、もっと前にほとんど収まっているので、吹き溜まりの心配もさほどないでしょう。わたしはかなり屈強な男でしてね、これくらいひどい状況での冬のハイキングも経験済みです。とにかく、当たって砕けろ、だ。さもないと……」

彼は言葉を結ばなかった。結ぶ必要がなかったからだ。

「誰にとってであろうと危険な行為だとは思いますが」わたしはゆっくりと口を開いた。「しかし、あなたの仰るとおりです。誰かがやらねばならない。すぐにも出発しますか？」

「ええ」カルザース弁護士は答えた。「今なら、町まで行って朝になる前に戻ってこられるかもしれませんし、誰にも気づかれずこっそりここを出ていくこともできる。内密に進めたほうがいいかと思いましてね。助けが来ると知ったら殺人鬼はその前に……ええと、急いで仕事を片付けようとするかもしれません」

「仰るとおりです」わたしは首を縦に振った。「ですが、くれぐれも気をつけてください！　あなたが戻るまで、何事もなかったようにふるまいましょう。わたし自身が実際に動くことができず、申し訳ない」

そうして、わたしたちは立ち上がった。

「二階まで一緒に行きましょうか」カルザース弁護士は訊いてきた。

「いえ、お気遣いなく」わたしは答えた。「わたしの寝室は廊下の突き当たりから二つ目ですから、問題なく辿《たど》り着けるでしょう」

わたしたちは階段の上り口で手を握り合った。

「幸運を祈っています」とわたしは言い、彼を独り残し、ラウンジをあとにした。

第八章

階段を上りきると、廊下を背後から近づいてくる足音が聞こえた。はて、と思い、また僅《わず》かな恐怖も感じながら、わたしは足を止めた。もうすでに全員がそれぞれの寝室の扉に錠を掛け、何事もなく過ごしているものと思っていたからだ。しかし、足音は、忍ばせようという気配もなく、むしろ聞いてくれと言わんばかりだった。そして、まだ一二フィート（約三・七メートル）ほど離れていたあたりで、わたしは呼び止められた。ジム・バークの声だった。

「レインさんかい？」彼は言った。「あっちから人影が見えて、ドキリとしたよ！　てっきり……ああ、そうだ、ちょっと書斎に来てもらえんかね。相談があるんだ」

またも相談か、とわたしは思った。彼もまた、助けを求めて秘密の長旅に出ようと考えたのだろうか。

バークはわたしの腕に触れ、右側にあった一室へ導いた。二人で中へ入り、扉がそっと閉められると、彼は唐突に切り出した。

「クロスビーの死体を一階で見つけた瞬間から、あたしはここでの先行きを甘く考えちゃいなかった。あの男はほんの始まりにすぎないと直感した。そして看護婦のギングリッチが死んで、それが証明された。あたしらを皆殺しにしようと企んでいる人間がいる」

「その結論には、ずいぶん前に全員が達しているものと思っていました」わたしは少々苛立ちを見せて言った。この件を二度も事細かに話し合う目的は見出せなかった。

「ああ、わかっとる」それは彼も認めた。「だがあのときは、殺し屋はあたしらの中の誰か――陪審員たちの中の、という意味ですよ――で、他の仲間を消してハルジーの金をごっそりせしめようとしてるんだろうと、みんな思っていた。しかしね、もう一度、考えてみたんだよ。で、こんなことを思いついた。もっと違う目的で、あたしらをくたばらせようとしてる人間がいるんじゃないかってね。あたしに言わせれば、金よりも納得のいく目的に思える」

「と、仰《おっしゃ》ると……?」バークが口をつぐんだので、わたしは先を促した。話の行き着く先は、大方の見当がついていたけれども。

きっと前のめりになったのだろう、バークの腰かけていた枝編み細工の椅子が体重で軋《きし》んでキーキー音をたてた。

「復讐だよ」大仰な調子でバークは言った。予想どおりだった。「ボブ・リンデンの死への復讐だ」

わたしは、仰る意味がわかりません、というふりはしなかった。

「ミセス・リンデンが二人を殺したのではないかというわけですね」念のため確認した。

「それ以外なかろう」彼は即答した。「裁判以来、あの女は少しばかり頭がおかしくなっていた。そして、カルザースがさっき読みあげたハルジーの告白を盗み聞きして、ショックのあまり完全にイカレちまったに違いない。で、あたしら全員を襲って恨みを晴らそうとしているわけだ」

「ありえますね」リンデン記者の妻がギリシア悲劇の登場人物さながらに姿を現し、夫の死の責任を取れと、寄り集まっていた一団を罵《ののし》った二度の場面を思い返し、わたしは頷《うなず》いた。「だとしても、あの女性が犯人の可能性を考えるならば、二つの前提が必要になります。しかし、どちらの前提も、わたしたちには証明できません。一つ目は、先ほどの夕食の席での会話の前半を彼女が盗み聞きしていたこと。あなた方一人ひとりが自分の殺人方法について語っていたときの会話です。二つ目は、彼女が、その後の一階での人の動きをすべて把握していたこと。クロスビー教授が食堂へ行き、それからしばらくしてギングリッチ看護婦が車庫へ出ていったのを知っていたことになるわけですから」

「いや、できんこともなかろう」バークは即座に返してきた。「カルザースが手紙を読み始めてあの女が一騒ぎ起こす前に、どのくらいの時間、食糧貯蔵室で聞き耳を立てていたか、あたしらは知らんからな。二つ目についても同じことが言えるんじゃないかね。トドハンターが渡した睡眠薬をあの女が飲まなかったことは、はっきりしてるんだ。それに、トドハンターによれば、あの女は伝える前からクロスビーが死んだのを知ってたように見えたらしいじゃないか。だから、ギングリッチ看護婦があの女の寝室を出たあと、あの女もまた寝室をこっそり抜け出して、何がどうなってるのか階段の上から一部始終を聞いていた可能性もあるんじゃないかね。それに、クロスビーが食堂に出ていったとき、裏階段を使って下りていれば誰にも目撃されまい。ギングリッチ看護婦が車庫に出ていったときもそんなふうにして、通用口からこっそり外に出て、また戻ってくることもできたと思うがね。錠が掛かってなかったのをカルザースが発見した通用口を使って」

「ミスター・バーク」わたしは言った。「優秀な検察官になれますね。あなたの仮説には説得力がある。ただし、一点を除いて。あの小柄なミセス・リンデンが、ギングリッチ看護婦のような大柄の女性を力で押さえつけるというのは考えにくいですね。ミセス・リンデンが車庫に足を踏み入れた瞬間、ギングリッチ看護婦は身構えて、近寄らせないようにするのではないでしょうか」

「よかろう」バークは答えた。「それなら、こういうのはどうだい？　ギングリッチ看護婦が二階に帽子と外套を取りに行っているあいだに、リンデンの女房が先にこっそり車庫まで行って、隠れていた――例えば、ギングリッチの車の後部座席に。そのあとギングリッチがやってきて、誰かが居るとは知らず運転席に乗り込んだ。そして、後部座席から出てきたリンデンの女房に頭を殴られた。ギングリッチの頭には打撲の跡があったからな。あそこを殴られたんだ。ここまで成功したら、あとは車のエンジンを掛けて――まだギングリッチが掛けてなかったとしたら――ドアを閉め、この山小屋の中に飛んで戻ってくればいいだけだ」

ざっと聞く限り、完璧な推理に思えた。わたしが考えを巡らせていると、扉を叩《たた》く、くぐもった音がした。バークが応じる声を出すや、扉は開いた。

「ああ、パット、やっぱりここだったね」敷居のところから声をかけてきたのはコナントだった。「姿を現さないから、ちょっと心配になって。それで捜しに出てきたんだよ。そしたら、ここの部屋の電気が点いてたから」

「コナント、お前さんも中に入って座りなさい」バークが彼を招き入れた。「レインさんとあたしで、犯人はリンデンの女房じゃないかと話し合ってたところだ」

「リンデンの！」いかにも衝撃を受けたように、コナントはその名をくり返した。「まさか！」「何だ、なぜだ」あまりに激しいコナントの反応に、肝を潰《つぶ》したようにバークは返した。「あの女になら動機があるだろ。それに――」

「ええ」コナントはバークに最後まで言わせなかった。「もちろん動機はたっぷりありますよ！　だとしても、その恨みを五年間も秘めてきたなんて。行動に移すつもりだったら、とっくの昔にやっていたと思いませんか」

コナントは椅子にドシンと腰を下ろし、肘かけの上を指で神経質そうにトントン叩き始めた。

「ああ、もう！」彼は熱を帯びた声で叫んだ。「僕もグリーンさんのようにすればよかった。こんなクソみたいな集会、最初の一回だけで参加をやめてしまえばよかった！」グリーンとは、一回目の集いでリンデン記者の妻が姿を現したあと、会を抜けた陪審員だ。「でも、できなかった。参加するしかなかったんだ。痛む歯を、まだ痛いかどうか舌で触って確かめるみたいに。毎回毎回、次こそ痛くありませんようにと願いながら。そうしたら、とうとう……」

「そうしたら、とうとう神経を直撃してしまった」バークがコナントに代わって言葉を結んだ。

「誰もが同じ思いだ。それについては」

わたしが口を開こうとすると、廊下をこそこそと移動する足音が聞こえてきた。バークがすばやく椅子から立ち上がり、扉をぐいと引き開けた。

「誰だ、そこに居るのは」殺気立った声で彼は言った。そのあと、「ミセス・ヘネシー！　部屋を離れて何をしてる」と続けた。

「何か読む物はないかしらって思って、ちょっと一階へ行ってきただけよ」言い訳がましい、哀れを誘う声で彼女は答えた。「あんなことがあったってのに、寝ろだなんて無理な話だわよ」

「よかろう」バークは唸《うな》るように言った。苛立ちが露骨に表れていた。「だが、今すぐ寝室に戻ってくれ。そんなふうにウロウロされちゃ危なくてたまらん」

相手に口答えする暇を与えずバークは扉をまた閉めると、椅子へ戻ってきた。

「馬鹿な女だ！」彼はぶつぶつ言った。「こんなことになったのは、あの女のせいでもあるぞ。人殺しの方法だなんて、くだらん話を夕食の席であの女が持ち出さなければ──」

「寝室から出るなという忠告は、何人もが無視しているみたいですよ」と、コナントが言った。

「つい数分前も、誰かが一階で動き回っているのが聞こえた気がします」

「おそらく、ダニエルズとあたしでクロスビーの死体を屋根裏に運んだ音だろう」バークが言った。

「警察が調べに来るまで死体を動かしちゃならんのはわかってるがね、あんなふうにあそこに転がしとくのもちょいとばかり不謹慎な気がしてね。それに、ひょっとしたら、あたしらはこれから丸々一日、この山小屋の中で過ごさなきゃならんかもしれないからな。いちいち躓《つまづ》いてちゃ、たまったもんじゃなかろう──それにしても、あたしらは裏階段を使ったんだが」彼はふと、話題を変えた。「音が聞こえてたとは思わなかった」

「僕は普段から耳が敏感なんです」コナントは言った。そのあと、死体運びの悍《おぞ》ましい話はもう結構、とでも言うように話を続けた。「いや、その音だけじゃありません。今もパットを捜しに出てきたら、スティーブ・ゲイロードがミス・オハラの寝室の扉にもたれかかって座ってました。どこかの暖炉から持ってきた真鍮の火掻き棒を膝《ひざ》の前で握ってね。まあ、眠り込んでましたけど」

バークが呆《あき》れたようにクスクス笑った。

「あたしも見たよ。番犬ってわけだな。だが、あんなふうにしてちゃ自分の首を差し出してるようなもんだと、あの大型犬君は気づいておらんのかね。火掻き棒で殺すって案は誰も出しちゃいなかったかね」

「ええ」コナントが答えた。「残りの方法はあなたの言った絞殺、ハーモン女史の刺殺、ミセス・ヘネシーの苛性ソーダ、トドハンター先生の注射。それから、ミスター・ウィットルジーのリボルバーですかね」

「リボルバー！」最後の一言を聞くと、バークは間を置かず反応した。「ああ、何てこった！　すっかり忘れてた。リボルバーやらピストルやらがしこたま入った箱が地下の娯楽室にあるんだよ」

バークは椅子から跳んで立ち上がると、扉に向かった。

「馬が盗まれてから厩《うまや》に錠を掛けた、なんてことにならなきゃいいが」彼は息巻いた。「とにかく、今すぐ下へ行って、箱の錠を確かめよう。二人とも一緒に来てくれるね」

こう言った理由は理解した。ピストルなりリボルバーなりが一丁消えていると、あとから判明したとなれば、取ったのは彼自身ではないかと疑われてはたまったもんじゃないというわけだった。

三人して廊下へ出て、正面階段を下りようとすると、バークが足を止めた。

「ちょっと、ここで待っててくれ」彼は言った。「ゲイロードがまだ持ち場をちゃんと守ってるか確かめておこう」

バークはネコさながらに音をたてずに行ってしまうと、すぐに戻ってきた。

「何て忠実な番犬だ！」含み笑いしながら、彼は皮肉めいて言った。「名前を呼んでも、ちょっとばかり揺すってみても目を覚ましやしない」

もちろん、そういうこともあっただろうが、しかし、そうでない可能性も……。

「本当に眠っていたんですね」わたしは念を押した。

「まちがいない」とバークは答え、それから、この質問の裏の意味を理解していることを示した。「死体なら、いびきはかかんだろう」

そのあと、わたしたちは何にも邪魔されることなく娯楽室へ向かって階段を下りていった。

この時間には、どの暖炉も火は消えていて、山荘じゅうが、とりわけ一階と地下は冷え始めていた。目的の場所に到着すると、ただでさえ気の滅入る不安な空気に、猛烈な寒さが加わった。娯楽室の片側の、小火器が保管してある場所へバークは向かった。

数秒ほど、彼は無言だった。

そして、「殺し屋に先を越されたようだ」と、ずばり言った。「ピストルが一丁なくなってる」

コナントが耳障りな、口笛のような音をたてて息を吐いた。

「弾は……入っていたんですか」彼は訊いた。

「いや、弾は必ず抜いておくんでね。だが……」

何を言おうとしたのか先を続けないまま、彼は引き出しの一つを開けようとした。中身が引っ掛かったのか、なかなか動かなかったが、一分ほど手こずった末にようやく開いた。

「誰かが、この引き出しを開けたな」すぐさま彼は声高に言った。「すっかり引っ掻きまわされてる」

「どんな物をしまっている引き出しなんですか」わたしは訊ねた。

答えは予想どおりだった。

「大半が細々《こまごま》した物だ。銃を拭く雑巾やら、屋内で射撃練習するときに使うピストル用の消音器が二、三個やら、それと……弾薬筒の箱もいくつか」

「なくなっているピストルに使用できる物も？」

「残念ながら」

バークは引き出しを閉めると、言葉を続けた。

「二階へ行って、あのリンデンの女房を寝室から叩き出してやる。そして、部屋の中を滅茶苦茶にしてでも銃を取り戻す」

「もし、あの女性が持っていなかったら？」コナントが言った。

「いや、持っているに決まっとる」バークは自信たっぷりに言い返した。「もし持っていなかったら――」

そのときだった。最初の悲鳴が聞こえたのは。

わたしたちは記録的と言える速さで、娯楽室から二階の廊下に到着した。そのあいだも悲鳴はどんどん大きくなり、ますます苦痛に満ち、わたしたちの鼓膜を引き裂き続けた。

あちこちの扉が開いては閉じ、古い壁の中のネズミを思わせる、狼狽《うろた》える足音が聞こえてきた。

突然の混乱状態に陥ったように。

みなの耳に届くよう、バークが声を張りあげた。

「どうした」声は轟《とどろ》き渡った。「ここで何の騒ぎだ」

たまたま一番近くに居たデリーが答えた。

「ミセス・ヘネシーの様子がおかしいの！」デリーは息も絶え絶えだったが、口ごもりながらも、やっとのことでこう答えた。「もしか……もしかしたら、死んじゃうかも！」

第九章

一時間も経たぬうちに、ミセス・ヘネシーは事切れた。死んでゆく過程は語るまい。詳細な描写は気持ちの良いものでないからだ。

騒ぎが一段落したところで、ジム・バークとトドハンター医師が死体を屋根裏に運び、その少し前にバークとダニエルズが運び上げたばかりのクロスビー教授の死体の隣に置いた（ギングリッチ看護婦の死体はそのまま車庫に残すことにしていた。動かしてしまうと、貴重な手がかりを損なうかねなかったからだ）。またも全員でラウンジに集まっていると、二人が戻ってきた。

バークは息をするのも難儀しながら入ってきた。

「参ったな！」低い声でバークは言った。「あそこは今に、公共の死体置き場になるぞ。あそこに二人、車庫に一人。ほんの」彼は言葉を切った。腕時計を見たに違いなかった。「三時間と少しのあいだに！　この調子で続けば――」

「この調子で続くというのは、誰の判断でしょうか」トドハンター医師が語気鋭く言った。「まったく確証のない結論に飛びついていますよ、ミスター・バーク。ミセス・ヘネシーの死と、他の二人の死が関係していることを示す証拠は一つもありません。状況を見る限り、彼女の死因は断じて人為的なものではない」

スティーブン・ゲイロードが苛立ちを示して鼻を鳴らした。

「『人為的なものでない』って言ったって、いろんな場合があるだろ」ゲイロードは辛辣な口調で意見した。「じゃあ、あの女の死因は何なんだよ、先生」

まさにわたしが投げかけようと思っていた質問だった。ただし、他に誰も居ない場所で。だが、時すでに遅し。

「死因……死因は……」その夜初めて、トドハンター医師が返答に窮したように思えた。「当然ながら、わたしはあの女性の主治医ではなかったので、いかなる内容であっても断定は難しいが、あの症状は急性胃腸炎に見えました。もしかしたら慢性的に患っていて、今夜の騒動が原因で悪化したのかもしれない。決して珍しいことではないですよ。数多くの症例がありま――」

トドハンター医師の説明を、ジム・バークが妨げた。

「その胃腸何やらに似た症状を引き起こす毒も二、三あるって話をどっかで読んだ気がするんだがね」鋭い指摘だった。「その可能性はないのかい？　トドハンターさん」

「実に馬鹿馬鹿しい仮説です」医者は威厳ある態度で反論した。先ほど僅《わず》かに感じられた混乱の気配はもはやなく、本来の姿に戻っていた。「そうした症状はまったく見られま――」

しかし、またもやトドハンター医師の話は妨げられた。今度はハーモン女史だった。

「症状なんて、どうでもよろしくてよ」噛みつくようにハーモン女史は言った。「あたくしたち、わかっていますのよ。ガートルード・ヘネシーは意図的に殺されたって。クロスビー教授とギングリッチ看護婦のようにね。あたくし、証明できますすわ」

　この発言は、全員の注意を引きつけた。

「誰かが故意に毒を盛ったんですわ」話の腰を折られてなるものかと、ハーモン女史は声を張りあげ、早口でまくしたてた。「あのカプセルを飲んだのよ。グラニュー糖しか入っていないと、トドハンター先生、あなたはそう仰《おっしゃ》いましたけど」

　すぐさま数人が喋《しゃべ》りだそうとしたが、医者の冷静で無感情な声が彼らにその機会を与えなかった。

「実に」トドハンター医師は言い放った。「馬鹿げている。あの女性が毒によって死んだのなら、症状が見られたはずです。そうした症状は一切確認されなかった。死ぬ前も、死んだあとも」

「それは、あなたが見ようとしなかったからですわ」ハーモン女史は攻撃の手を緩めなかった。

「だから、彼女を殺したのは、あなた！　あなたが犯人ね！」

「加えて」トドハンター医師は、ハーモン女史が何も言っていないかのように話を続けた。「カプセルの内容物が何であろうと、それによってミセス・ヘネシーが死んだはずはありません。カプセルは本人の手に渡っていないのですから。ただし」と、彼はつけ加えた。ニヤリと口元を緩めたのが、その声から聞き取れた。「わたしから受け取ったカプセルをレイン先生が彼女に返していなければ、ですが。ハーモン女史、いくらあなたでもレイン先生がカプセルに細工したとまでは仰らないでしょう」

「そうですね」わたしは口を挟んだ。「トドハンター先生からカプセルの入った箱を渡されたのは、ミセス・ヘネシーが二階へ上がっていったあとでしたから。憶えている方もおいででしょう」

「で、あんたはカプセルをどうした」バークがわたしに訊ねた。

「ミセス・ヘネシーのハンドバッグの中へ戻しました。そこのブリッジ用のテーブルの上に置いてあったので」

「まだ入ってるか、見てみよう」ゲイロードが言った。

ゲイロードはブリッジ用のテーブルへ向かった。ハンドバッグの中身を空けたのだろう、金属製の小物がジャラジャラと音をたてるのが聞こえてきた。

「ここにはないぞ」ややあって、ゲイロードは報告した。

ハーモン女史が勝ち誇ったように不気味な声で叫んだ。

「ほら、やっぱり！　あのカプセルのせいよ！　あたくしたちがみな寝室に居るあいだにガートルードはまた階段を下りてきて、カプセルを見つけたのね。誰かに言われて先生が戻してくれたと思ったに違いないわ。そして……」この先は察してちょうだいとばかりに、声は次第に消えていった。

トドハンター医師がほとんど聞こえない声で何か呟《つぶや》いた。「まったく愚かな女だ」というようなことを言ったに違いなかった。そのあと、声を大きくして言葉を続けた。

「あなたはお忘れのようですね、ハーモン女史。レイン先生が箱の中から無作為に一つ選んだカプセルをわたしが飲んだことを。もし、あれらに――もっと言わせていただくなら、あの中の一つにでも――毒を詰めていたとしたら、ああした危険なことをするでしょうか」

だが、それに対する答えはすでに用意されていた。

「おそらく、レイン先生から渡されたカプセルは手の中に隠して、予め持っていた別のカプセルを飲み込んだんですわ」と、ハーモン女史は逆襲した。

「お二人とも、聴いてください」わたしは割って入った。トドハンター医師と攻撃をやめないハーモン女史との言い争いは、行き過ぎのように思えたからだ。「ミセス・ヘネシーが夜のあいだにまた階段を下りてきたのは事実です。ミスター・バークとコナント君とわたしでミスター・バークの書斎にいたとき、ミセス・ヘネシーの足音が聞こえたんです。寝室を離れて何をしているのか、とミスター・バークが訊ねると、読む物を探しに行っていた、と答えました。しかし、本当のところは、おそらくカプセルを取ってきたのでしょう。ハーモン女史の仰ったとおり」

こう言い終えると、あちこちから「ああ！」と声があがった。わたしは話を続けた。

「ですが、こうした疑問はすべて、非常に簡単に解決できます。もしミセス・ヘネシーが実際にハンドバッグからカプセルを取り出したのなら、カプセルの入っていた箱が寝室のどこかにあるはずです。ミスター・バーク、コナント君、一緒に来てくれますか？　二階へ行って捜してみましょう」

「あのカプセルが関係しているとすれば、容疑者はわたしになるのでしょうから」トドハンター医師が抑揚のない口調で、しかし決然と言った。「わたしにも同行する権利があるでしょう」

寝室の空気は何とも表現しがたい、だが、明らかに不快な死の臭《にお》いに満ち、重苦しかった。そこに、ミセス・ヘネシーの愛用していた香水の鼻を突く甘ったるい香りが混ざり、臭いは凄まじさを増していた。

バークは部屋の中央まで歩を進めると、立ち止まった。

「何をしたらいいかね、レインさん」彼は言った。「捜してみるかい？」

「思うのですが」トドハンター医師が皮肉っぽい、この状況を楽しんでいるかのような口調で提案した。「最初にわたしを調べてみてはいかがでしょう。あの女性の容体を診るためにここに居たわけですから、箱はわたしが持ち去った可能性がある」

バークはゆっくりとトドハンター医師に顔を向けたようだった。

「そりゃ、名案かもしれんな」バークは言った。「とは言っても――」

だが、先を続けようとするバークに、コナントが言った。

「その必要はなさそうです。あれが僕らの捜している箱でしょう。ベッド脇のテーブルの上です」

コナントはその場所へ向かい、箱を取り上げて戻ってくると、蓋《ふた》は開けずにわたしに手渡した。その感触から、一、二時間前にトドハンター医師から渡されたのと同じか、あるいは、少なくとも酷似した箱であることがすぐにわかった。わたしは蓋を開けながらトドハンター医師のほうを向いた。

「カプセルは最初にいくつ入っていたのでしょうか、先生」わたしは訊ねた。

「五つです」彼は即答した。「ですが、毒は入れていないことをハーモン女史に納得してもらうために一つ飲みましたから、残りは四つでした」

わたしは箱の中に指を走らせた。

「ここに入っているのは二つ」と、わたしは報告した。「ということは、ミセス・ヘネシーはあとの二つを飲んだようですね」

「だからと言って、飲んだ二つに毒が入っていたことにはなりませんよ」トドハンター医師は落ち着き払って反論したが、ここに来て、少々無理をして冷静さを保っているように感じられた。

「思うんだがね」バークが不信感を隠さず口を挟んだ。「トドハンター先生、お前さん、この件を殺人でないことにしようと、ちょいとばかり躍起になりすぎじゃないかね。見苦しいくらいだ」

「殺人でないとは、一言も言ったことはありません」トドハンター医師はバークを正した。「わたしの所見では死因は人為的なものでなく、そうしたことを示す証拠も確認できないと言っているだけです。意見は変わりません」

「それなら、一階でやったみたいに、そのカプセルも飲めるはずだな」

「お望みならば」トドハンター医師は淡々と答えた。

では、やっていただきましょう、と喉まで出かかったが、やめておいた。四つのうち一つにしか毒が入っていなかったとすれば、そうしたことをやってもらったところで何の証明にもならなかったからだ。一つにしか入っていなかった可能性は高い。

「それには及びません」わたしは言った。「仰るとおりです、先生。これまでのところ、ミセス・ヘネシーが殺害されたことを示す物的証拠はありません。確定には、死体解剖を待つしかないでしょう」

「待つ！」ジム・バークが腹立たしそうに低い声で言った。「待ってばかりじゃないか！　そうこうするうち……」

バークは扉に向かって歩きだした。

「下へ戻ろう」彼は肩越しに言い放った。「ここでできることは、他になかろう」

「レイン先生がそれでいいと仰るなら……」トドハンター医師はせせら笑いを隠しきれないように言うと、バークのあとに続こうとした。

ところが、わたしの横に立っていたコナントが不意に二人を止めた。

「ちょっと待ってください、先生」静かな口調だった。「先生は全部のカプセルにグラニュー糖を詰めたんだと思っていました」

「いかにも」トドハンター医師はすかさず反応したが、次の展開は要警戒と直感したかのように、その声は鋭さを含んでいた。

「だとすれば」コナントは追及を続けた。「どうしてこの二つのうち一方は真っ白で、もう一方は薄っすら黄色いんでしょうか。まるで違う物が入っているみたいだ」

「何ですって?」耳障りな、かすれた声でトドハンター医師は言った。喉がいきなり湿り気を失ったようだった。「見せてください」

「今、お見せしますよ、先生」わたしは言った。「ですが、その前に……」わたしはコナントのほうを向き、「この箱を持っていてくれ、アーサー」と頼んだ。

コナントが渡された箱を持っているあいだ、わたしはチョッキのポケットに片手を突っ込み、点字を書くのに使用する金属製の小さな点筆を探った。見つけると、箱からカプセルの一つを取り出し、点筆の尖った先端で横側を刺して小さな穴を開け、そのあとカプセルを口まで運んで、穴の部分を舌先で触れた。

「グラニュー糖」とわたしは告げ、二つ目のカプセルに手を伸ばした。

トドハンター医師が無意識に体を動かしたのが聞こえたが、声は発さなかった。わたしを凝視して立ち尽くす三人の男の荒い息遣いを除いて、、完全な静寂に包まれた部屋の中で、同様の試みがくり返された。

二つ目のカプセルの穴の部分に舌先が触れた瞬間、焼けるような感覚が走った。

わたしはそのカプセルを箱に戻した。

「もちろん、あとから専門機関で分析する必要がありますが」わたしは躊躇なく続けた。「この二つ目のカプセルの中身は苛性ソーダで、ほぼまちがいないでしょう」

第一〇章

バークに追い立てられるように寝室へ連れていかれ、「外から施錠させてもらうから、カルザース弁護士が警察を連れて戻ってくるまで中で待ってろ」と命じられているあいだも、トドハンター医師は口答えもしなければ抵抗もしなかった（カルザース弁護士が出ていったことは、このとき、わたしは止むなく説明した）。なぜ二つ目のカプセルに苛性ソーダが入っていたかについては、トドハンター医師は何一つ言及しなかったが、わたしたちが立ち去ろうとすると、ようやく、被告の抗弁めいたことを口にした。

「みなさんに、お願いがあります」とトドハンター医師は言い、またも冷ややかで皮肉っぽく、斜に構えたような調子をいきなり露わにした。「逃亡する手立てもないまま、わたしがここに閉じ込められているあいだに、四度目の殺人が起こったとしたら、わたしの無実を示すこの上ない証拠とみなしていただけますね」

「起こらなかったら」バークが言い返した。「そうでない事実を示すこの上ない証拠とみなす。なあ、お前さん、やっと捕まえたんだ。逃がすわけにはいかんよ」

待っていた人たちは、カプセルを巡る経緯の報告を様々な感情で受け止めた。当然ながらハーモン女史は、これでトドハンター医師犯人説がほぼ確定したと悪鬼のような形相で意気揚々としたが、一方で、それ以外の人たちは、衝撃を受けて怯《おび》えるか、さもなくば、信じられずに当惑するばかりといったところだった。とは言え、犯人は確保され、施錠された部屋の中に閉じ込められていると思えば、みな等しく安堵したことだけは確かだった。

朝になるまで外に出てこないように言い、全員をどうにか寝室に戻したときは――みな、相当に神経が昂《たかぶ》っていた――午前三時半をとうに回っていた。ようやく最後の一人を二階に行かせ、バークとわたしはラウンジに残ってカルザース弁護士の帰りを待つことにしたが、わたしにしてもバークにしても、彼が夜明け前に戻ってきてくれるという甘い期待は抱いていなかった。

バークは酒瓶棚へ向かうと、またも酒を注いだ。わたしにも勧めてきたが、断った。彼はグラスを置くと、火の消えかかった暖炉に近づき、薪を二、三本投げ入れた。そして、暖炉の前の長椅子の端にどかりと腰を下ろした。

「さて」しばしの静寂のあと、バークは言った。「どう思うね」

「トドハンター先生が犯人かどうか、ですか？」わたしは訊いた。

決まってるだろ、とばかりに彼は唸《うな》った。

「あなたは？」わたしは反対に問うてみた。

しばらく答えはなかったが、ややあって彼は口を開いた。

「犯人でまちがいなかろうね。カプセルは毒入りだった。あの代物をいじったのはあいつだけだ。いやね、あたしはリンデンの女房の仕業と信じてたんだがね……畜生め！」バークはここまで言うと、不安に駆られたように口を閉じた。「閉じ込められてるあいだに四度目の殺人が起こったら云々の、あの男のセリフが頭から離れんのだよ。あたしらがまちがってる可能性もあるとは思っちゃいないだろうね、レインさん」

このごたごたが始まってから酒の量が少々度を越えている気はしていたが、気取りのない巨漢のジム・バークがわたしは好きだったし、信頼できる男だと思っていた。そして、彼がどの殺人にも関わっていないことはすでにはっきりしていたので、わたしは自分の考えを明かすことにした。

「ミスター・バーク、正直なところを言いますが、犯人はトドハンター先生で決まりだと、わたし自身はまったくもって手放しで喜んじゃいません。先生にとって不利な証拠が多すぎて、心配です」

それを聞いて、バークは居住まいを正したようだった。

「多すぎて心配？」彼は聞き返した。「どういう意味だ」

「あれだけ大きなカプセルですと」わたしは説明を始めた。「致死量の苛性ソーダを飲ませたいなら、一つだけに詰めていれば充分です。そもそも箱にカプセルは四つしか入っておらず、ミセス・ヘネシーは二つ飲むと予め言っていたので、その場合、最初に死のカプセルを飲むかどうかは五分五分です。ですから、もし最初に飲まなければ、次の機会には必ず飲んでくれる。つまり、一つだけでなく二つのカプセルに苛性ソーダを詰めるというのは、犯人にとってまったく必要のない行為だったばかりか、それによって、犯罪事実が明らかになり足が付くリスクが高まった。ターゲットが死のカプセルを最初に二つ、とも、いっぺんに飲む可能性はさほど高くないでしょうから」

「ほう、仰《おっしゃ》る意味はわかった」バークは唸るように言った。「で、どうなる？」

「こうなるんです」わたしは答えた。「犯人は、自分の犯行を意図的にわからせようとした。つまり、クロスビー教授とギングリッチ看護婦同様、ミセス・ヘネシーも自身の提案した方法で死んだのだと、わたしたちにわからせようとしたんです。一方で、トドハンター先生は、彼女の死をそのように捉《とら》えるのを嫌った。それどころか、人為的な死ではないと、わたしたちを必死に説得しようとした。殺人じゃないことにしようと少しばかり躍起になりすぎだと、あなたも仰っていましたよね」

「ああ、そうだな」バークは考え込むような口調で同意し、そのあと、こう訊ねた。「だが、あんな代物、あの男がカプセルに詰めたんじゃなけりゃ、いったいどうやって入った」

「考えられるとすれば、一つだけ方法があります」わたしは答えた。「みなが二階へ上がっていったとき、一人、寝室へ行くふりをしただけの人物がいた。彼は辺りに人目がないのを見定めるや、裏階段を使ってこっそりまた下りてきて、一階の廊下の扉のところか食堂の中で聞き耳を立て、わたしが二階へ上がりカルザース弁護士が出てゆくのを確認した。そのあとラウンジに入ってきて、わたしがミセス・ヘネシーのハンドバッグに入れたのを見ていたのでしょう、そこからカプセルを取り出し、そのうちの二つの中の無害の砂糖を、台所か洗濯場から持ってきた苛性ソーダと入れ替え、ハンドバッグに戻した」

しかし、バークは納得しなかった。

「あんたとカルザースがここで話してるあいだ食堂か廊下に隠れてたなんて、ありえんね」と、バークは指摘した。「その時間はたぶん、クロスビーの死体を屋根裏に運ぶためにダニエルズとあたしは下りてきてた。犯人と顔を合わせてたはずだ」

「おそらく彼は、あなた方が来る音を聞いて、食糧貯蔵室か、もしくは廊下にあるあの大きなクロゼットの中に忍び込み、あなた方が行ってしまうまで隠れていたのでしょう」わたしは言った。

「そうかもしれんなあ」バークはまるで他人事《ひとごと》のように返事すると、欠伸《あくび》を嚙み殺した。「それにしても、どうして『彼』と呼ぶんだ。『彼女』じゃないのか」

「総称の意味で男性の人称代名詞を使っているだけです」と、わたしは説明した。「男性かもしれないし、女性かもしれない」

バークが何も答えなかったので、わたしたちは数分ほど無言で座っていた。そのあと、わたしは話を続けた。

「ですが、わたしがもっとも心配しているのはですね、ミスター・バーク、もしもトドハンター先生でないとしたら、男にせよ女にせよ、本物の殺人鬼が疑いの目も向けられぬまま野放し状態になっている点です。しかも、娯楽室の箱から消えているとあなたが仰ったピストルの件もある。なんとかピストルを見つけ出さなければ。手遅れになる前に」

わたしはバークの返事を待った。しかし、反応は返ってこなかった。

「ミスター・バーク、聞いていますか?」わたしは言った。

静かないびきが答えだった。当然ながら襲ってくる疲労、加えて少々限度を超えた量のウィスキーの炭酸割りによって、夜を明かそうという彼の決意は脆《もろ》くも崩れた。

優れたミステリ小説の筋書きに倣うならば、午前四時半頃、われわれは銃声で目を覚まし、殺害方法に発砲を選んだチビのミスター・ウィットルジーが頭か、はたまた心臓を撃ち抜かれているのを発見したに違いなかった。しかし、その類いのことは何も起こらなかった。朝を迎え、発見について言うなら、何より驚いたのは使用人のダニエルズが夜のうちに行方をくらましてしまったことだった。

雪の上に彼の足跡が、勝手口の扉から建物をぐるりと回って車道へと続いているのをバークが見つけた。

「三人目が殺されたと知ったあと臆病風に吹かれて、逃げ出せるうちに逃げ出そうと思ったってとこだろ」バークは腹立たしそうに言った。「あいつはいつだって腑抜けのゲジゲジ野郎――」

そこへ思いがけずデリーがやってきて、バークはばつが悪そうに口をつぐんだ。

ダニエルズがいなくなってしまったので、朝食の支度は女性陣が引き受け、わたしたちは朝食用の小部屋で食事をした。食堂へは近づく気になれなかった。理由は言わずもがな。楽しい食事と呼べはしなかったが、少なくとも前夜の緊張と、各々が各々に抱いていた不信感からは解放されていた。ミスター・ウィットルジーが軽率にもハルジーの遺言の話題を持ち出してくるまでは。

「ところで」と、彼は鼻をすすった。「今や、あたしたちは五人で金を分けることになりそうですな。三人死んで、法律によれば、金目当てで人を殺すと、犯人はその金には与《あずか》れないはずですから な、残りは五人というわけです」

「六人だぜ」ゲイロードが言った。「フィル・グリーンを忘れてるよ」

「グリーンも分け前が欲しいかどうかは、わからんぞ」バークが言った。「あの男はあたしらよりずっと分別があるからな。この馬鹿馬鹿しい催し物とは、とっくの昔におさらばしたわけだから」

ハーモン女史が声を発した。察するに、肩をすくめたに違いなかった。

「あら、それについちゃ、あたくしたちのほうがよっぽど分別があったってことですわ」と、彼女は意見した。

わたしの隣に座っていたコナントがいきなり体を動かした。自分の皿を遠くに押しやったらしかった。

「そんなふうに考えるのであれば」彼は低い声で言った。「僕の取り分を喜んで差し上げますよ。僕は……血に染まった金なんて、これっぽっちも欲しくない」

「馬鹿なことを言うな、コナント」バークが食べ物を頬張ったまま言った。が、そこで動きを止め、「あたしも、もらうのをやめておこう」と意外なことを、声の調子まですっかり変えて言った。

「あら、あたくしはやめませんことよ」ハーモン女史が感情を剝《む》き出しに宣言した。

「他のみんなはどうだ」バークが詰問するような口調で言った。どことなく荒々しい声に、わたしは良い気持ちがしなかった。おそらく前夜の酒の名残りだったろう。

「何でそんなこと知りたいんだよ、バークさん」ゲイロードが問い返した。

「それはどうでもいい」バークは言った。その声は、疑いの余地なく荒々しかった。「金を受け取るつもりかどうか、まず、お前が答えろ」

ゲイロードは一瞬ためらったあと、答えた。

「自分の取り分なんだから、もらわない理由はないだろ。さあ、何でそんなこと知りたいのか、言えよ」

「お前さんはどうだ、ウィットルジー」ゲイロードの問いを無視して、バークは執拗に訊ね続けた。

おチビさんはいつものように、まず鼻をすすった。

「悪いことだとみなさんが思わないのであれば」彼は怖ず怖ずと答えた。「自分の分はいただきたいものですな」

バークは腹立たしそうに溜め息をついた。

「ダメだな」嫌気が差した調子で彼は言った。「人数が多すぎる」

「何の人数が多すぎると?」わたしは訊ねた。「いったい何をしようとしたのか教えてください、ミスター・バーク」

「仕方ない」バークは大人しく従った。「教えよう。昨晩、みんなが二階に上がってしまったあと、レインさん、あんたと二人で話したことを思い出したんだよ。もし監禁中のあの男が三人を殺した犯人でなかったとしたらって話だ。で、コナントが今、血に染まった金なんかいらないと言ったあと、そんなふうに考える輩《やから》はシロに違いないと、ふと思いついてね。逆に、そう思わないヤツは……わかったかい?」

全員が理解した。

「そんなのずるいじゃないの!」ハーモン女史が憤慨して喘《あえ》いだ。「当然もらえるはずのお金なのに、放棄するか、さもなきゃ人殺しの容疑者になるか、どちらか選べと仰るわけね」

ゲイロードが、ガチャンと大きな音をたててコーヒーカップを置いた。

「腹黒い男だな！」彼は大声を出した。「殺人容疑がかかったとしたって、そっちのほうがずっと得だぜ。俺は分け前が欲しいね。権利を無理やり捨てさせられるなんて俺はごめんだよ、二日酔いの大酒飲みのいい加減な思いつきで」

最後の一言が効いたようだった。バークの怒鳴り声が、あたかも相手の顔面に拳《こぶし》を打ち込むように食卓の向こうから飛んできた。

「そのセリフを待ってたぞ！」悪意に満ちた歓喜で鼻息を荒くしながらバークは声を轟《とどろ》かせた。「お前は金が欲しい、い、い、い！　どうして欲しいかって？　金ができたらデリー・オハラに結婚を申し込もうってわけか。そうだろ！　ご立派なスティーブン・ゲイロードさんよ、金持ち娘と所帯を持とうと目論む下種《げす》な男と思われたくなくて、あの娘が手に入るなら半ダースの人間を殺したって構わない――」

ゲイロードが瞬時に椅子から立ち上がった。

「ミス・オハラの名前を出すな、この野郎」彼は歯ぎしりしながら言った。「でないと、お前を殺す――」

ちょうどそのとき、台所との間の扉が開き、少し前に出ていっていたデリーが朝食部屋に戻ってきた。

「ミセス・リンデンがトドハンター先生に朝食のトレーを用意したん――」と彼女は言いかけ、演劇の一場面かと思うような光景を目の当たりにして、明らかに面食らったらしく口を閉じた。

コナントが静かに立ち上がった。

「僕が先生にトレーを持っていきますよ、ミス・オハラ」彼は声をかけると、まさに悶着が起ころうとしていたとはおくびにも出さず、トレーを受け取った。

一〇分から一五分ほどして、わたしたちが朝食部屋をあとにしようとしていると、バークがわたしの隣で歩調を合わせてきた。

「さっき食卓で、いったいあたしはどうしちまったんだろうなあ、レインさん」彼は神妙に言った。「あんなふうにスティーブに喰ってかかるつもりはなかったんだよ。だが、あの金に関して、つい、つまらんことを思いついちまったもんでね……あいつに謝るか何か、したほうがいいと思うかい？」

「それがいいでしょう」わたしは答えた。「こうした状況のときは、個人同士の諍《いさか》いが物事を複雑にしてしまうものですからね。彼はラウンジに居るんじゃないでしょうか」

しかし、ゲイロードはラウンジに居なかった。

「あいつが姿を現すまで、二階に行って、このオツムを少し冷やすとするよ」バークは言った。「今にも爆発しそうな時限爆弾にでもなっちまった気分なんでね」そのあと彼は、照れくさそうに本音を言った。「昨日《きのう》の晩はちょいとばかり飲み過ぎた。スティーブの言ったとおりだ」

バークが階段を上っていくと、入れ替わるようにコナントが下りてきた。

「声をかけたんだけど」コナントは暖炉の前に居たわたしの隣にやってきた。「トドハンター先生、一言も喋《しゃべ》ってくれようとしないんだよ。僕らみんなのことや一連の出来事までも独りでおもしろがってるみたいな、あの腹立たしい態度を一向に崩そうとしないんだ。まったく――」

コナントは最後まで言わずに話題を変えた。

「もう一〇時半になるね」ふと思ったらしかった。「そろそろカルザース弁護士が警察を連れて戻ってくる頃じゃないかい?」

わたしも、そのことを少し前から考えていて、不安になり始めていたところだった。何事もなければ、数時間前には町に到着しているはずだった。車道は前夜、除雪車が積雪を取り除いてくれていたので、馬力のある警察車両が来られない理由はなかった。何とも嫌な予感が……。

だが、そうした不安をわざわざコナントに伝える必要はなかったろう。少なくとも、この場では。

「警察署に着いたらすっかり疲労困憊して、まず状況を伝えようにも手間取ったのかもしれないね」と、わたしは言ってみた。「数時間の遅れは仕方なかったんだろう。助けを連れてきてくれるのは時間の問題だと思う」

「町に到着できなかったとは……思っていないの?」コナントは問いかけてきた。

「思っていない」わたしは力を込めて、自分に言い聞かせるように答えた。「カルザース弁護士は馬鹿な男じゃない。この距離の移動は無理だと判断したら、その時点でここに戻ってきているはずだ。ところで、アーサー」わたしは続けて言った。「彼を待つあいだ、僕の代わりにやってほしいことがある。監禁中の男は本当に犯人なんだろうかとミスター・バークが仄《ほの》めかしていたんだが、まんざら出任せでもないかもしれない。いずれにせよ、念には念を入れるいい機会だ。昨晩、娯楽室からピストルが一丁なくなったって話だったよね。みんなが寝室から出てきているあいだに、こっそり捜してみてくれるとありがたいんだが。もし、それが見つかったら、どんなに気が楽になるか」

コナントは間髪を容れず立ち上がった。自分にもできることがあって、いかにも嬉しそうだった。

「地下の部屋も見て回ったほうがいいかな」と、彼は言った。「誰が取ったか知らないけど、隠すとしたら、見つかった場合を考えて自分と関係のない場所にするんじゃないかな」

「そうだね」わたしは頷《うなず》いた。「君にそれをお願いしているあいだ、僕は二階で、これまでの出来事をざっと書き出してくる。頭の中を整理しておきたい点が山ほどあるからね」

こうしてコナントと別れ、わたしは二階へ向かった。二階に居たのは、その二、三分前に階段を上がっていったバークと、わたしの知る限り、施錠された扉の向こうでわたしたちを馬鹿にしたように、なお蹲《うずくま》っていたトドハンター医師だけのはずだった。

第一一章

わたしは二階の廊下に沿って歩を進め、コナントとともに使っていた寝室に入ると、邪魔が入らぬよう扉を閉めた。そしてカバンから点字器を取り出し、厚手の点字用紙を一枚、その上に固定して、コナントに伝えたとおり、メモを取る準備を始めた。

考えれば考えるほど、トドハンター医師を犯人とみなすのはしっくりこない気がした。心理学的に見た場合、この犯罪は彼の冷血な気質と皮肉っぽいユーモアセンスにそぐわないことはなかったし、三人を殺害する申し分ない機会が彼にあったとは思えないわけでもなかった。実際のところ、クロスビー教授が死んだときはラウンジに居たという本人の主張には証拠がなく、ギングリッチ看護婦が殺害されたときは明らかにラウンジにおらず、そして、ミセス・ヘネシーの死については、みなの知る限りカプセルに触れたのは彼しかいないという事実もあった。だとしても、わたしには、この三番目の件の状況がとりわけ腑に落ちなかった。加えて、彼の態度も。容疑は晴れるものと自信たっぷりだったではないか。いくら彼のように図太い神経の持ち主だったとしても、ここまで不利な証拠を突きつけられながら、あんなふうに虚勢を張れるものだろうか。

わたしは事件全体を最初から見直すことにした。クロスビー教授が殺害されるまでの八分間の全員の行動の前後関係を考察するのが何より重要に思えたので、さっそく実行に移した。ブリッジのゲームを再現したときデリーが書き留めてくれた時刻をもとに考察を進め、より実際の殺害時刻に近づけるため、一時間早めた時刻を列挙して、最終的に次のような時間表を作り上げた。

一〇時五四分　ゲイロードがラウンジを出る
一〇時五五分　ゲイロードが娯楽室に着く
一〇時五六分　クロスビーがラウンジを出る
一〇時五七分　コナントが娯楽室を出る
一〇時五八分　コナントが二階に上がるために一階の廊下を通過
一〇時五八分　カルザースが煙草を取りに一階の廊下のクロゼットへ向かう

ここでわたしは、あの再現では一階の廊下でカルザース弁護士とコナントが顔を合わせたことを思い出し、次のように書き添えた。

〈この時間表だとカルザースとコナントが一階の廊下で遭遇することになるが、実際は顔を合わせていないと二人ともに言っているので、どこかに思い違いがあるのは明らか。ゲイロードがラウンジを出た正確な時刻については意見が分かれているので、誤りが生じているとすれば、この部分と想定するのが妥当だろう。ゲイロードがラウンジを出た時刻に関して、ミセス・ヘネシーが主張し

ていたように、これより二分ないし三分早い時刻をデリーが告げていたとしたら、時間表は次のようになる〉

一〇時五二分　ゲイロードがラウンジを出る
一〇時五三分　ゲイロードが娯楽室に着く
一〇時五五分　コナントが娯楽室を出る
一〇時五六分　クロスビーがラウンジを出る
一〇時五六分　コナントが二階に上がるために一階の廊下を通過
一〇時五八分　カルザースが煙草を取りに行く

わたしは用紙を点字器から外すと、裏返し、突起した点の列に沿って指先を滑らせ、記し終えたばかりの内容を読んだ。すると、またもや、まちがっている箇所を発見した。もしコナントが一〇時五五分には娯楽室を出ていて五六分に一階の廊下に居たとしたら、ちょうどラウンジを出ようとしていたクロスビー教授と顔を合わせていたはずではないか。

もちろん、顔を合わせていた可能性、というより、二人同時に一階の廊下に居た可能性はなくはなかった。コナントは娯楽室をあとにしたとき精神的に不安定な状態だったので、一階の廊下まで来て、誰かが居ようが居まいが目に入らなかったことも充分に考えられた。一方で、クロスビー教授のほうは、コナントに気づいたに違いないが、何らかの理由で自分の存在を示さなかった。そして殺人鬼は、両方の男の姿を認めていたとしても、敢えて言葉は発さなかった。理由は言わずもがな。

ここで、それまで考えに入れていなかった可能性が頭に浮かんだ。娯楽室に居たわたしたちが、ラウンジに居た他の面々の行動と自分たちの行動とを時間的に一致させるには、憶測に頼るしかなかった。そして、その憶測はスティーブン・ゲイロードの、ラウンジから娯楽室へは寄り道せずに向かったという証明する術《すべ》のない主張に基づいていた。だが、もしゲイロードが真実を言っていなかったとしたら。娯楽室へはまっすぐ向かっていなかったとしたら……。

次に、リンデン記者の妻の可能性についても考える必要があった。彼女は自分の寝室で眠っていたものと誰もが思い込んでいたので、あの時間帯に彼女がどこに居たのかについては追及の声はあがらなかった。しかし、トドハンター医師があとから知ったように彼女は渡された睡眠薬を飲んでいなかった。つまり、クロスビー教授が殺害された時間帯のみならずギングリッチ看護婦が殺害された時間帯についても、彼女の行動は不明だった。わたしとしては、ジム・バークの唱えるリンデンの女房犯人説を、諸手を挙げて支持するつもりはなかったけれども、とは言え、可能性の一つとして頭に置いておく必要はあったろう。

推測をここまで進めたとき、山荘の中のどこか遠くから、何か重い物でも落ちるようなドサッという鈍い音が聞こえた。建物の内部で聞き慣れない音がするたび、不吉な出来事の表れかと思うようになっていたわたしは、椅子の上で身を固くして耳を傾けた。しかし、音はそれきりだった。

わたしは点字器の上に新しい用紙を置いた。結果はほぼ予想がついていたのでこの作業はあまり気が進まなかったが、次は、二人以上の証言によって明確に裏付けられるとは到底思えない、あくまでも憶測のみに基づいた三つ目の時間表の作成に取りかかる用意をした。ところが、最初の一字を打ち終えると、またもや音がした。一回目の音よりもずいぶんと近い場所からだった。

今度は、ごく微《かす》かな軋《きし》みだった。その前の大きな音に多少なりとも注意を向けていなかったら、点字器を打つ点筆の金属音に紛れて完全に聞き逃していただろう。とは言え、音の正体はすぐに判断がついた。どこかの扉がそっと閉まり、錠前に差した鍵を回す音。

わたしは点字器を脇に置き、扉に向かうと、それをぐいと引き開けた。

「誰だ」語気鋭くわたしは言った。

答えはなかった。廊下は完全な無音だった。それでも、その場で耳を澄ませていると、明らかに人の気配がした。誰かが息を潜めてわたしの様子を窺《うかが》っていた。男だろうか、女だろうか、音をさせずに後ずさりしていた。

捕まえようにも、いや、追いかけるのさえ、自分が無力なのはわかっていた。できるのはせいぜい、その人物が出てきた部屋を突き止めることくらいだった。さほど遠くない部屋だったに違いない。遠かったならば扉の閉まる音など聞こえなかったはずだからだ。

頭の中で、周囲の位置関係をすばやく確認した。右手は洗面所、その向こうはもともとクロスビー教授がミスター・ウィットルジーと一緒に使っていた寝室。もはやウィットルジーだけになってしまったが。左手はゲイロードの寝室、そして廊下を挟んだ正面は……。

廊下を挟んだ正面は、トドハンター医師が閉じ込められていた部屋だった！

この事実を、そこから先に結びつけるのには少々時間を要した。とは言え、実際は数秒だったろうが。そして次の数秒で、わたしは廊下を横切り、トドハンター医師の寝室の扉を叩《たた》き、大声で名前を呼んだ。

扉を叩く音にも、呼びかけにも、反応はなかった。

わたしは手探りで扉の取っ手を摑《つか》み、試しに回してみた。しかし、扉は開かなかった。もし、トドハンター医師がまんまと逃げたのだとしたら、万が一、取っ手を回そうとする者がいた場合に自分はまだ寝室の中に居ると思わせるため、おそらく錠を掛けて出ていったに違いなかった。そうしておけば、逃げたと気づかれるのを少しでも遅らせることができたはずだから。ところが、鍵は廊下側の錠前に差さったままだったではないか。そう言えば、前の晩、バークは鍵を差しっ放しにして部屋を離れていた。わたしは躊躇なくそれを回した。

だが、部屋に足を踏み入れるや、そこが空っぽでないことがわかった。安眠中とは言えない、苦しそうな、不規則な寝息がすぐ近くから聞こえてきたのだ。

「トドハンター先生！」わたしはもう一度、名を呼んだ。

しかし、またしても返事はなかったし、不規則な周期の呼吸を続けたまま、わたしの声が聞こえたようでもなかった。わたしは再び部屋の内側から錠を掛け、鍵をポケットにしまうと、両手を前方に突き出しながら室内を横切り、ベッド際までやってきた。呼吸の音はかなり近くなって、わたしのすぐ正面、しかし、僅《わず》かに下の方から聞こえてきた。つまり、息の主はベッドに横たわっていたに違いなかった。

「トドハンター先生！」三度目、わたしは呼びかけたが、それでも返事はなかった。泥のように眠っているのか、それとも、みごとに寝たふりをしているのか。ふりをしているだけで、わたしの不意を突いて逃げるつもりだったとしたら、残念な結果に終わったはずだ。わたしは目は見えないけれど、同等の体格の相手となら、いったん摑みかかりさえすれば例外なく互角に戦えた。トドハンター医師は背も体重もわたしを越えることはないはずだった。

わたしの伸ばした手が、男物の上着の肩の部分をかすった。わたしはその肩を、軽くとは到底言えない力で揺さぶってやるつもりで摑んだ。本当に眠っているのであれば目を覚まさせるために、眠っていないのなら、その手には乗らないことをわからせるために。ところが、わたしの指が服地に喰い込むや、思いも寄らぬ邪魔が入った。山荘の裏側のどこかから、続けざまにドスン、ドスンと、あたかも人間の巨体が階段を転がり落ちるような激しい音が聞こえてきたではないか。

相変わらず微動だにしない男をベッドの上に残し、わたしは踵《きびす》を返して部屋の扉へ向かった。錠を外すのに、またも数秒の貴重な時間を無駄にし、そうして廊下へ出た。すでに音はやんでいたが、その同じ場所から、今度は素早い足音が聞こえてきた。屋根裏の階段を駆け下りてきたらしい。そして、どこかの扉がバタンと閉まり、足音はその向こうへと吸い込まれていった。

わたしは最小限の時間でトドハンター医師の寝室の扉の鍵を回して錠を掛け、それから、廊下の突き当たりを目指して脇目も振らずに走った。近づくにつれ、冷たい隙間風を顔に感じた。ということは、屋根裏に続く階段の扉が開いたままだったのだ。その扉に向かって足を一歩踏み出したとたん、わたしは何かに躓《つまず》いた——軟らかいがずっしりして動かず、弾力はあるが同時に強張《こわば》っている何かに。

その傍らに跪《ひざまず》いたわたしは、前回から一分も経たぬうちに、またもや男物の上着の布地を指先に感じた。しかし、このときは、それを身に着けた男から息遣いが聞こえることはなく、息吹を失ったものの醸し出す、重苦しい静寂のみが漂っていた。

その体に両手を這わせていると、やがて顔に行き当たった。髭剃りを済ませたばかりの幅広の顔。野外に親しんできたために、ざらついた肌。不屈さを表す、がっしりした顎《あご》。顎の下に伸びる雄牛のような太い首は、ありえない角度に捻《ね》じ曲がっていた……。

すると、背後の廊下から、さらに数人の足音が聞こえてきた。わたしが気づかないうちに正面階段を上ってきたのだろう、足音はわたしのほうへ勢いよく近づいてきた。そして、コナントの声がした。

「パット、どうした、誰がそこで……」

しかし、それに答えたのはスティーブン・ゲイロードだった。

「何だよ、これ！」彼は唸《うな》るように言った。その声は恐怖のあまり、かすれていた。「ジム・バークじゃないか！　首の骨が折れてる！」

第一二章

ジム・バークの死は誰の死にも増して、みなに強烈な衝撃を与えたと思う。トドハンター医師が寝室に閉じ込められていたことで誰もがすっかり安心していた、つまり、暴力と死による支配は終わったと信じきっていたに違いなかったからだ。ところが、トドハンター医師の予言どおり、死はまたも襲ってきた。そういうわけで、その衝撃は、安全という誤った認識によって一時的にでも心の平静を取り戻していなければ、そこまで強烈でなかったのではないだろうか。

コナントが女性三人を下がらせているあいだ、ゲイロードが死体をじっくり調べた。バークの首は落下したときに折れたのだが、それが死因ではないようだった。ゲイロードによれば、喉に指で強く圧迫されてできた濃い紫色の痣《あざ》があったので、気管を締めつけられ、息の根が止められたのちに屋根裏の階段から投げ落とされたのだろうということだった。

「何があったの、パット」コナントが訊いてきた。「君はここに居たの？」

わたしは、トドハンター医師の寝室を誰かが出てゆく音が聞こえた気がしたので見に出てきたこと、そして、わたしが先生の寝室に居るあいだにバークは殺されたようであることを説明した。

「犯人はミスター・バークを屋根裏におびき寄せたか、あるいは、屋根裏で彼に不意打ちを喰らわせたに違いない」と、わたしは締めくくった。「そして、死体を階段の上から放り出したあと、その後ろを駆け下りて、廊下の突き当たりの左右どちらかの部屋の扉の向こうへ逃げ込んだんだろう」

「ということは」コナントが陰鬱な声で意見した。「トドハンター先生が犯人だと思っていた僕らはまちがってたんだね。だって、バークさんが殺されたまさにその瞬間、錠の掛かっていた寝室の中に先生が居たのを君は確認したんだろ。だったら先生は当然――」

ハーモン女史がコナントの話を遮った。

「あたくし、犯人をわかってますわよ！」けたたましい声で彼女は言い放った。「スティーブン・ゲイロードですわ。ハルジーのお金を欲しいと仰《おっしゃ》ってたじゃないの。それに、朝食の席でジム・バークと喧嘩してましたし。みなさんも聞いてらしたわよね。それに――」

バークの死体の横で膝をついていたゲイロードが立ち上がった。

「デタラメを言うな」起伏のない調子で彼は言った。「たしかに少し前までは、バークさんを殴ってやりたかった。それだけの理由があったからな。でも、顔にパンチをお見舞いするのと、惨《むご》たらしいやり方で殺すのとじゃ、まったく話が違うだろ」

「それは、あなたの言い草でしてよ」ハーモン女史は負けていなかった。足を踏み鳴らしながら歩み出てきた彼女は、わたしの腕を摑《つか》んだ。「聴いてちょうだい、レイン先生。この男の仕業ですわ！」彼女はなおも言い続けた。ぜいぜいと喘《あえ》ぐような声は、一語ごとに金切り声に変わっていった。「他の人たちを殺したのも、この男ですわよ。あたくし、最初にそう申しましたでしょ。みなさん、お気づきになって。この男だけは殺される気配がないってことに！」

ゲイロードが短い笑い声を絞り出した。だが、冗談と受け取ったと思わせようとしたのだとしたら、成功とは言えなかった。

「なあ、心優しいおばちゃまよ、俺を犯人に仕立てようと精いっぱい考えた理由がそれだったんなら、まさに諸刃の剣ってやつだぜ。言わせてもらえば、あんただって、これまでのところ殺される気配がないんだぜ」

「あらま、何てことを！」ハーモン女史は小馬鹿にしたように言うと、いったん口をつぐんだ。それから、「いいえ、精いっぱい考えた理由じゃございませんわ」と彼に喰ってかかったあと、「こういうことなんですの」と再びわたしに向かって言った。「おわかりにならなかったと思いますけどね、レイン先生、大きな音が聞こえて、あたくしたちが正面階段を駆け上がってきたとき、スティーブン・ゲイロードはすでにこの廊下の、あなたの後ろ側のせいぜい一〇フィート（約三・四八メートル）ほどのところに立っていたんですのよ。その理由を説明していただきましょ――ご本人の口から」

　これが事実だったとしたら、ゲイロードは厄介な状況に追い込まれることになった。バークを殺害する機会が充分あったことになったからだ。ここまでのところ、どの殺人についても、犯行の機会が最重要要素だった。

「そうなのかい？　ゲイロード君」わたしは訊ねた。

　ゲイロードは即座に口を開いた。

「たぶん、誰より早く、ここに居た」彼は正直に答えた。「バークさんとやり合って、ちょっとばかり気が滅入っちまったから、俺は部屋に上がってきて寝転がった。誰だって昨日《きのう》の晩は、ほとんど寝られなかったろ。俺ものすごく疲れてて、すぐにうとうとしたんだろうな。この廊下であの物凄い音がして目が覚めたんだけど、しばらくのあいだ、ぼんやりしてた。熟睡してる最中にいきなり起こされたら誰だってそうなるよね。で、ようやく自分がどこに居るのかわかって、廊下に飛び出したら、あんたがバークさんの死体の横で屈《かが》み込んでた。他に誰も居なかったと思うから、俺が最初にここに来たってことなんだろうな」

わたしはゲイロードの説明を頭の中で吟味した。矛盾点はなかったし、迷いもなかった。いや、少しばかり迷いがなさすぎやしないか。もし彼が犯人なら、まさにこうした事態に備え、説明を予め用意していたのかもしれなかった。

ここで口を開いたのはコナントだった。

「パット、君はさっき、階段を下りてきた人物はこの廊下の一番端の部屋の中へ逃げ込んだに違いないと言ったよね」彼は言った。「もしそうなら、ゲイロード君はまちがいなく潔白だよ。なぜって、端の部屋から出てきて、君の横を通らずに後ろ側に回るのは不可能だろう」

その問題は解決済みだった。

「残念ながら、アーサー」わたしは言った。「不可能じゃない。これについては誰にとっても可能なんだ。今、見せるよ」

わたしはみなを自分の後ろに集め、廊下の片側の一番奥の、ミスター・ウィットルジーの寝室まで行くと、扉を開けた。

「何がある？」わたしは問いかけた。

すかさず答えたのはゲイロードだった。

「あれ！」低い声で彼は叫んだ。「この部屋は、中で洗面所とつながってるのか。犯人はこの洗面所を通って出ていけたわけだ」

ハーモン女史が勝利を確信したかのような甲高い笑い声をあげた。

「ご存じだったくせに」含みのある口調で彼女は言った。

ゲイロードはきっと振り返った。息が荒かった。

「ってことは、犯人は俺か？」歯ぎしりしながら彼は言った。「いや、そんなことないぜ。犯人の男は――いや、女かもな」この一言は意味ありげに、彼は語調を変えた。「洗面所を通り抜けて、同じようにつながってるレインさんとコナントさんの部屋まで行って、俺が廊下のこの端っこにしゃがんでたレインさんに近づいていったあと、その扉から俺の後ろ側に出てこられたんじゃないか？　ここに居る全員が正面階段を上ってきたって断言できるヤツはどれだけいるのかよ」

鋭い点を突いていた。まさに、わたしが質問しようとしていた点だった。だが、それを口にするより早く、デリーが声をあげた。

「わたしも一言いいかな、パディ」

「もちろんだよ、デリー。何だい？」

適切な言葉を見つけられずにいるように、彼女はしばらくもたもたしていたが、やがてゆっくりと話し始めた。

「昨日の夜、わたしたちが犯人だと思ったトドハンター先生は無実だったのかって、誰もが思ってるところでしょ。だって、バークさんが殺されたまさにその瞬間に、錠の掛かっていた寝室に居たのをあなたが確認してるんだから。でも、こんなこと言ってごめんね、パディ。ベッドに寝てたのは本当に先生だった？　声を聞いていないのだし、だから……だから、ひょっとして先生じゃなかったかも」

なるほど。デリーの言いたいことは理解した。トドハンター医師のベッドに男性が横たわっていた。そこで、当然、トドハンター医師だろうと、わたしは決めてかかった。しかし、話をしたわけでないのだから、確実にトドハンター医師だったと言いきれただろうか。わたしに証言できたのは、誰かがそこに居たという事実だけだった。もし、トドハンター医師が何かしら口実をつくって誰かをそそのかし、寝室の扉の錠を外させて中に入れ、その人物を押さえ込んで……いや、しかし、そうだとすれば……。

わたしの内心を読んだかのように、ハーモン女史が言った。

「でも、誰もいなくなっちゃいませんわ」と、彼女は疑問を投げかけた。「誰か一人いなくなってるはずでしょ、もし……」と、ここで彼女はいったん口を閉じると、いきなりけたたましい声を出した。「まあ、何てこと！　一人足りませんわ！　ミスター・ウィットルジーはどこですの？」

「ウィットルジー？」コナントが聞き返した。「あれ、ついさっきまで、ここにいましたよ。僕は見ました」

「正しくは、見た気がします、だろ」ゲイロードがコナントに向かって皮肉っぽく、毒を含んだ口調で指摘した。そうなるのも無理はなかった。

「いや、誓って言うよ。僕は彼を見た」言い張るコナントに、ハーモン女史が返した。

「見てるはずありませんわよ！」またもや、いきなり金切り声になった。「見たとすれば、ここじゃないでしょ。あの男も殺されたのね。だから居ないのよ！　殺人鬼は寝室から逃げ出したってことね！」

一瞬前までゲイロードを犯人呼ばわりしていたにもかかわらず、今度はそれとまったく矛盾したことを言っているのに本人は気づいていないようだった。

「みなさん、静かに！」わたしは語気を強め、命令口調で言った。「トドハンター先生がまだ自分の寝室に居るかどうかを確認するのは簡単です。先生の寝室へ行ってみましょう。みなさん、ご自分の目で確かめてください」

わたしが廊下を進み始めると、全員がぞろぞろとあとに続いた。またもトドハンター医師の寝室の扉の錠を外すのに僅《わず》かな時間を要し、そのあと、扉をぐいと開けた。

「さて？」わたしは問いかけた。

「トドハンター先生だ。ちゃんと、ここに居るよ」ゲイロードが言った。「じゃあ、少なくとも先生には現場不在証明《アリバイ》があるってことだな。おそらく俺たちの誰より」

ゲイロードはわたしを押しのけ、寝室の奥へと入っていった。ベッドに近づいていく彼の足音が聞こえた。

「起きろよ、先生」指図するようにゲイロードは言った。「たった今、今度は――」

と、彼の声は、ここで途切れた。水の出ていた水道の蛇口がいきなり閉められたかのように。

「どうした」わたしは思わず問いかけた。

だが、問いかけながらも、答えの予想はついていた。ほんの数分前、初めてその部屋に入ったときと比べ、内部は何かが変わっていた。あのとき聞こえていた重苦しく不規則な息遣いは、もはや耳に届いてこなかった。

ゲイロードは言葉を濁さずに言った。今さら、わたしたちに濁す必要もなかったからだ。

「死んでる」耳障りな声で彼は告げた。「また一人、殺された」

第一三章

コナントとわたしは女性たちを廊下に出すと、扉を閉めた。そしてコナントが、廊下側から引き抜いた鍵を部屋の内側に差し、回しているあいだ、わたしはゲイロードがなおも立ち尽くしていたベッド際へ歩を進めた。

「死因は？」わたしは訊ねた。

「わからない」と、ゲイロードは答えた。茫然としているようだった。

「今朝、朝食を運んできたときは何ともなかったんだけど」コナントが言った。「食べ終わったあとのトレーがタンスの端に載ってる」

ゲイロードが振り返った。

「ってことは」彼はこの事実を重要とみなしたらしかった。「そのあと、少なくとも一五分くらいは生きてたわけだ。朝食を食べたんだからな。食べ物のどれかに毒が入ってたんだったら、もちろん……」

その一言に、コナントはすかさず反応した。

「パット、君はたしか、数分前にこの部屋に入ったときは先生は生きていたと言ってたよね」彼は、言いたいことは他にある、といった口調で、しかし、静かに言った。

「ごめん、コナントさん」わたしが答えるより先に、ゲイロードが詫《わ》びた。「あんたに矛先を向けようってわけじゃなかったんだ。俺が思ったのは、あんたがトレーを運んでくる前に食べ物を用意したのはリンデン記者の奥さんだったってことだ。だから……ああ、畜生！　誰かの仕業なのはまちがいないんだ！」最後は力なく、言葉を結んだ。

「待ってくれ、二人とも」わたしは割って入った。「先生は毒殺されたんじゃないと思う。先生の体をひっくり返して、首の後ろを調べてみてくれないか。髪の生え際の少し上のところを」

コナントもベッド際までやってきて、ゲイロードと一緒に死体を両側からひっくり返した。しばらく間があり、そのあとゲイロードが言った。

「首の後ろはどうもなっちゃいないぜ。折れちゃいないよ。もし、それを確かめたいんだったら」

「小さな刺し傷を探してくれ。頭蓋骨の下の部分だ」わたしは指示した。

「いや、何も――」ゲイロードが言いかけると、コナントがそれを遮った。

「あった」彼は声高に言った。「それと、枕に血が一滴。ちょうど後頭部が当たる場所だ」

ゲイロードが体を起こした。声が出てくる前から、わたしに不審の目を向けているのが伝わってきた。

「なあ、レインさん」彼は言った。「どうしてそんなことまでわかるんだよ。あんた、さっきまでこの部屋に居たって、自分から言ってたよな――」

「馬鹿なことを言うな、スティーブ」コナントが冷ややかな声でゲイロードを黙らせた。「パットは昨日《きのう》の晩の、例の残虐な会話を思い出しただけだ。トドハンター先生のお薦めの方法は、脳の下のところに注射針を突き刺すんだっただろう」

ゲイロードはハッと息を呑んだ。

「うわあ、何てことだよ！」彼は声を張りあげた。「すっかり忘れてた……」

ゲイロードはベッドの足板に寄りかかると、いきなり気が触れたように笑いだした。

「また一人、本人のお気に入りの方法の餌食になったってわけか」息を切らせながら彼は言った。

「コナントさん、その注射器を捜して隠したほうがいいぜ。だって、あんたが選んだ殺《や》り方は——」

コナントがゲイロードのほうを向き、その顔を力いっぱい平手打ちするのが聞こえた。

「黙らないか、スティーブ」コナントは鋭い声を出した。その声は怒りではなかった。ピンと張りつめた響きは、心が壊れる寸前なのを表していた。「今、僕らが自制心を失ってる場合じゃない。ここには、守らなければならない女性たちが居るからね」

ゲイロードはすぐに冷静に戻った。

「そうだな」呟《つぶや》くように彼は言った。「悪かったよ。たしかに俺がちょっとおかしくなってた」そのあと彼の意識は、コナントの最後の言葉に少しずつ向いたようだった。「女性たち？　ああ、大変だ！　デリーたちがまだ廊下に——」

彼は半狂乱で扉に向かうと、しばらく鍵をガチャガチャいじり回していたが、どうにか錠前の中で回しきり、扉をバタンと閉め、廊下を走っていった。

「行かせてやればいいよ」あとを追おうと一歩踏み出したコナントに、わたしは言った。「デリーについては心配ないと思うがね。リンデン事件裁判の陪審員じゃないから、ハルジーの遺書の条件には当てはまらない。でも、安心のために、誰かが彼女たちと一緒に居るに越したことはない」

「なら君は、リンデン記者の奥さんの仕業かもしれないというゲイロードの推測は信じてないんだね？」コナントは勢い込んで訊いてきた。あたかも、信じていたら困る、とでも言うように。

「ああ」わたしは答えた。「クロスビー教授とギングリッチ看護婦とミセス・ヘネシーについては容疑者候補と考えてもいいかもしれないが、ミスター・バークについては、死に方を考える限り、彼女は論外だ。女性があんなふうにバークを殺せたはずはない。ところで、今から君と一緒にやりたいことがいくつかある。まず、ゲイロード君が言ったように、注射器を捜そう」

わたしたちは――というより、コナントは――すぐに注射器を見つけた。ミセス・ヘネシーのときの毒入りカプセルの箱と同様、ベッド脇の小さなテーブルの上に、目につくように置いてあったのだ。彼はそれをハンカチで包むと、わたしに手渡した。

「見つけてくれ、と言わんばかりだったよ」コナントは無感情な声で言った。「もともと、トドハンター先生の往診カバンに入っていたやつなんだろうな」

わたしはベッド脇のテーブルの引き出しを開け、中に何も入っていないのを確かめると、注射器をそこに保管しておくことにした。

「いったい、どうやって」わたしは引き出しを元のとおりに閉めながら言った。「犯人は注射器を手に入れたんだろう。トドハンター先生は往診カバンをこの部屋の中に置いていたはずだ。誰かが入ってきてカバンに触ろうとしたら、怪しいと思うのが普通だろう」

コナントがベッドの足板を鉛筆の尻でコツコツと叩《たた》き始めた。苛立っているときに見せる、わたしには馴染みの癖だった。

「僕が不思議なのはね」彼は言った。「僕らがみんな外の廊下に居たとき、この部屋にこっそり入った人間がいたってことだよ」

「いや、誰も入っちゃいない」わたしは答えた。「我らが殺人鬼は、ミスター・バークを殺す前に、トドハンター先生を殺してたんだ。それどころか、わたしが最初にこの部屋に入ってきたときには、先生はすでに殺されていた」

「何だって！」神経質そうに鉛筆を鳴らしていたコナントの手が止まった。驚いて鉛筆が指から滑り落ちたのだろう、床を打つカタンという微《かす》かな音がした。「でも、さっき廊下で君はたしか……」

「ああ、わかってる」わたしは答えた。「トドハンター先生の呼吸の音が聞こえたと言った。苦しそうな不自然な息遣いを、あのときは安眠できていないのだろうと思っていた。だが、あれは眠ってたんじゃなかったんだ。すでに死にかけていたんだ。わたしが考えの浅い馬鹿者じゃなくて、もう少し頭を働かせていれば、気づけたはずなのに。わたしが廊下に出てゆくあいだに彼は息を引き取ったに違いない」

コナントは屈《かが》んで、先ほど落とした鉛筆を拾った。

「もしそうだとしたら」体を起こしながら、コナントは言った。「また全員が容疑者になるね。この二階から大きな音が聞こえて、みんなが駆け上がってくる直前の一人ひとりの現場不在証明《アリバイ》を、二人以上の人間が証言できるとは思えないよ」

「たしかにね」そのとおりだった。「そう言えば、君が最初に二階に上がってきたとき、ミスター・ウィットルジーもみんなと一緒だったというのはまちがいないかい？」

「ああ、まちがいない」コナントは答えた。「でも、あの大騒ぎのさなか、そこまで彼のことを気にしちゃいなかったからね。ハーモンおばさんに言われるまで、いなくなっていたとは気づかなかった。バークさんの死体がちらりと見えた瞬間、一目散に逃げ出したってとこじゃないかな。自分の寝室のベッドの下に隠れてるのかもしれないよ」

　想像するだに滑稽だったが、ありえない話ではなかった。

「アーサー、廊下でのゲイロード君の話はどう思う？」ややあって、わたしは問いかけた。「真実を言っているように聞こえたかい？」

　コナントはしばらく無言だったが、そのあと、こう答えた。

「『聞こえたかい』も何も、パット、真実だよ。本人の言っていたとおり、ゲイロードは眠ってたさ。賭けてもいいよ。あの腫れぼったい目を見ればわかる」

「でも、ひどい睡眠不足の場合だって、人間はそんな目になるもんじゃないのかい？」わたしは訊ねた。

　コナントはしばし考えていた。

「そうだね」考えたのち、彼は言った。「そうだろうね。でもどうして、みんなの中でも、とりわけゲイロードを疑うの？　最初にここの廊下に居たこと以外に理由があるの？」

「実はそうなんだ」とわたしは答え、時間表を作った結果、わかったことを伝えた。時間表の項目の半分は、実際のところ、裏付けの取れないゲイロードの主張が軸になっている、と。

コナントは妙な笑い方をした。わたしは、その笑いの意味を量りかねた。

「ねえ、パット、人がどんどん減ってきて、鼬《いたち》ごっこみたいになってきたね」彼は言った。「君はゲイロードを疑って、ゲイロードは僕を疑って、そして僕は……」

「そして君は……？」コナントが言葉を結ばなかったので、わたしは先を促した。

「誰も」と、彼は言った。この一言で、煙草の吸い殻でも放り捨てるように、それまでの話題を退けたつもりらしかった。次に彼は、新たな疑問を投げてきた。

「ところでパット、トドハンター先生の寝室の扉が閉まる音を聞いた一、二分前に、それとは別のドサッという鈍い音がしたって言ってたよね。一階に居た僕らには聞こえなかったから、屋根裏から聞こえたんじゃないかな。バークさんがたてた音だったと思う？　もしそうなら、彼はそんな所で何をしていたのかな」

バークが死んでいるのを見つけてから、わたしもそれを不思議に思っていた。最初に考えたように、バークが犯人におびき寄せられて、あるいは、犯人のあとから屋根裏へ上っていったのだとすれば、犯人はトドハンター医師をどうやって殺したのだろうか。神業でもあるまいし、二つの場所に同時に居ることができたはずはなかった。

わたしはこの疑問をコナントに伝えた。すると、思いも寄らぬ推理が返ってきた。

「最初のドサッという音からトドハンター先生の寝室の扉が閉まる音まで、どのくらい時間が空いてた？」彼は言った。「一分くらいかな？」

「そんな感じだ」わたしは答えた。「なぜだい？」

「だったら、こんなのはどうかな」コナントは話し始めた。「上に居た犯人が音をたてた。そのあと下りてきてトドハンター先生を殺した。先生の寝室を出ようとしていると、バークさんが居た。バークさんもドサッという音を聞いていて、音の出所の見当はついたので、調べてこようと階段を上ろうとしているところだった。犯人はバークさんのあとを追い始めた。ちょうどそのとき、君が自分の寝室から出てきた――たしか君は、寝室を出たとき廊下に誰かが居る気配がしたと言ってたよね。そうして犯人は、階段を上りきったところでバークさんを襲った。辻褄《つじつま》が合うかい？」

「ああ」わたしはゆっくりと口を開いた。「合うと思う。それにしても、トドハンター先生はずいぶんと手際よく殺されたものだね」

「そりゃあ」コナントは取って付けたように言った。「バークさんはどこで何をしてたかっていう最初の疑問が解決していないからね。今のは犯人だけの動きだ。そうだとしたら犯人は屋根裏で何をしていたのかな」

　こう問われたからだろう、わたしの脳裏に実に突拍子もない推理が浮かんだ。ここまで異常な状況でなければ、そんな推理は検討さえせずに、さっさと退けたに違いなかった。しかし、どうと言うことのなかったはずの日が、この世のものとは思えない悪夢となってしまったときは、推理もこうした方向に進みがちになるのではないだろうか。

「アーサー」わたしは言った。「こんなふうに考えたことはないかい……えっと、この大量殺人の最初の〝被害者〟が実は被害者でないかもしれない、もっとはっきり言えば、死んでさえいないかもしれない、と」

「何だって?」コナンントは語気を強めた。ここまでの一二時間の緊張状態のせいで、わたしの頭がおかしくなってきているんじゃないかと半分疑っているのが口調から伝わってきた。

「完全にイカれたと決めつける前に、せめて最後まで聴いてくれないか」わたしは強引に話を続けた。「トドハンター先生とクロスビー教授がハルジーの遺産を二人で山分けする目的で、残りの君たちを始末してしまえ、と結託したとしよう。その第一段階としてクロスビー教授の死を偽装しておけば、当然、彼は表舞台から消え、縦横無尽に仲間を消して回れるわけだ」

コナンントが反論してくるのを察し、「言うほど無茶苦茶な話じゃない」と、間髪を容れずにわたしは続けた。「ゲイロード君がクロスビー教授を見つけ、死んでいると告げに来たとき、死体を調べたのはトドハンター先生、言ってみれば、先生一人だけだったのを思い出してくれ。クロスビー教授の頭には血が付いていたが、実は浅い切り傷か擦り傷だったのを、ひどい傷を負ったかのように意図的に印象づけた可能性もあるし、夕食のナプキンで包んで縛った石鹸は、現実感を出すための小道具だったかもしれない。それに、カプセルに苛性ソーダが詰めてあるのが発覚したにもかかわらずトドハンター先生があんなふうに自信たっぷりの態度だったのや、寝室に閉じ込められて手を下せるはずもないあいだにさらなる殺人があれば自分は潔白ということになると言ったのは、そうした計画を物語っているんじゃないかな。さらなる殺人の予言はみごと的中した。なぜなら、クロスビー教授が実行してくれるとわかっていたからだ」

「だったら、いつ」コナンントは言った。「二人はそんな悪だくみを企てたんだい？　カルザース弁護士があの手紙を読みあげるまで、二人ともハルジーの遺書の内容なんか知らなかったはずじゃないか。誰一人知らなかったんだから。カルザース弁護士でさえ」

「クロスビー教授がラウンジから食堂に移動したあと仕組んだんだろう」わたしは即答した。「廊下側の扉のところから誰かがクロスビー教授に合図を送ったのはほぼまちがいないと、ミセス・ヘネシーがわたしにこっそり教えてくれたんだ。トドハンター先生ならブリッジをしていた人たちに気づかれずに、食堂へ通じる扉を使ってラウンジから出ていけたはずだ。そして、クロスビー教授を廊下に呼び出し、教授が殺されたとされる八分のあいだに二人で計画を練った」

「ということは、トドハンター先生がたった今殺されたのは、仲間割れってわけか」自分なりに納得しようとしているのだが果たして納得して良いものかどうか確信がもてない、とでもいった調子でコナントは呟いた。

「そうだ」わたしはすかさず力強く頷《うなず》いた。「クロスビー教授は相棒に不信感を抱き始めたか、あるいは、他の人間もろとも相棒も葬り去ってやれと思った。そうして金を独り占めしようとした。半分だけ、なんて言わずにね。それからもう一点はだね、アーサー、わたしの仮説が正しければ、犯人が注射器を手に入れられた理由も説明がつく。トドハンター先生に怪しまれずにこの部屋に入ってきて彼の往診カバンを開けることができたのは、クロスビー教授だけだったというわけだ」

「そんなにうまいことできるわけがない理由を、二つ、三つ、今すぐ挙げてもいいけど」と、コナントは言った。「まずは屋根裏に行って確認してくるのはどうかな。あれこれ頭を捻《ひね》る前に疑問を解決してこようよ。さあ、行こう」

二人一緒にトドハンター医師の寝室を出ると、わたしは再び外から扉に錠を掛けたが、このときは、鍵はポケットにしまった。そして、落下した場所に転がったままだったバークの死体を跨《また》ぎ、他の死体が運ばれた屋根裏に向かって階段を上った。

漆喰が塗られていない壁の裂け目から吹き込んでくる氷のように冷たい隙間風に曝《さら》され、わたしが震えながら立っているあいだ、コナントは死体を確認するという気の滅入る作業を引き受けてくれた。

「君の負けだよ、パット」ややあって、コナントは言った。「クロスビー教授はちゃんとここに居るし、完全に死んでる。自分で確認するかい？」

「結構」と、わたしは答えた。我ながら、まったくもって馬鹿馬鹿しい、荒唐無稽な推理をしたものだ。「もう、下りよう」

階段を下りると、廊下にゲイロードが居た。彼は口を開かずして、新たな事態が生じたことを表情で語ったらしかった。

「どうした、スティーブ。まさか……またじゃないだろうね」コナントがすぐさま声を張りあげた。

「いや」ゲイロードは答えた。「そっちじゃない。ただ、ウィットルジーが見当たらないんだ。山荘じゅう見て回ったんだけど、どこにも居ない」

第一四章

　コナントが汚い言葉を吐いた。彼にしては実に珍しい行為だった。かと思うと、笑いだした。クロスビー教授の殺害に関する時間表の中に誤りがありそうだと、わたしが伝えたときと同じ笑い方だった。

「逃げ出すことにしたってわけか」と、コナントは言った。「浅はかで、惨めで、馬鹿なおチビさんだよ！　カルザース弁護士だって町に辿《たど》り着けなかったかもしれないんだ。あの男にできるわけないじゃないか。でも、だとしても、逃げ出したほうがいいかもしれ――」

「何と比べて、いいんだよ」ゲイロードが喰いつくように言った。

「たしかウィットルジーさんは」含みのある口調でコナントは答えた。「昨日《きのう》の晩、殺しの手段に銃を選んだよね。娯楽室の箱からピストルが一丁なくなってるとバークさんが言ってたんだ」

「本当に彼は居ないんだね、ゲイロード君」ピストル紛失の言及にゲイロードが飛びついてくる前に、わたしはすかさず口を挟んだ。「雪の上に足跡が残ってるか確認したかい？」

「したよ」ゲイロードは答えた。「でも無駄だったよ。今朝、ダニエルズが逃げてったのがわかって、俺たち、みんなで外をぐちゃぐちゃに歩き回ったろ。雪の上は足跡だらけで何もわかりゃしなかった。とにかく、あいつは消えちまった。もしどこかで……」彼はここで口を閉ざすと、こう訊いてきた。「ところで、どうするんだ……その人は」

最後の一言は、声の調子から、屋根裏に続く階段の下に転がったままだったバークの死体を指しているのだとわかった。

「彼もトドハンター先生も上に運んで、クロスビー教授とミセス・ヘネシーの仲間入りしてもらうのがいいんじゃないかな」コナントが、一切の感情を封じ込めようとするかのように冷淡な口調で言った。そして、「あれ！　これで、上の人たちと下に居る僕らの数が同じになるね」と続け、わたしに向かって、「トドハンター先生の部屋の鍵を貸してくれるかい、パット」と言った。

わたしはコナントに鍵を渡すと、二人の死体の片付けは彼とゲイロードに任せ、デリーが無事でいるか確かめようとラウンジへ戻ろうとした。ところが、階段の下り口まで行かないうちに左側の扉が開き、ハーモン女史がわたしの名を呼んだ。

「誰にも内緒であなたにお伝えしておきたいことがございますの」わたしが足を止めると、ハーモン女史は声を潜めて言った。「盗み聞きされないよう、ミスター・バークの書斎でお話しいたしますわ」

わたしは腕を摑《つか》まれ、小さな書斎の中へ半ば無理やり押し込まれた。夥《おびただ》しい数の煙草の煙のせいで、書斎の空気は重かった。煙草に親しんできた男はもはやこの世を去ったのに、においだけが、なお新鮮に残っているのは何とも皮肉な話だと、ふと心をよぎった。

「何でしょう、ハーモン女史」書斎に備えつけの枝編み細工の椅子に座らされたわたしは訊ねた。

わたしと向かい合わせの椅子をキーキー軋《きし》ませながら彼女がそこに腰を下ろすと、ぜいぜい喘《あえ》ぐような息が聞こえてきた。

「レイン先生」ハーモン女史は芝居っけたっぷりに話しだした。「わかりましたのよ、誰なのか！」

「誰なのか……」わたしは意味を量りかね、その言葉をくり返したが、間を置かずに、彼女が何を言いたいのか理解した。「犯人の正体がわかったということですか？」

すぐには答えが聞こえてこなかったので、ハーモン女史は首を縦に振ったに違いなかった。そのあと、身振りではわたしに伝わらないことに気づいたのだろう、慌てて声を出した。

「ええ、わかったんですの。一五分くらい前にわかりましたの。今回は証拠もありましてよ」

申し訳ないが、さほど心は動かされなかった。ハーモン女史が誰かを犯人呼ばわりするのは、風の強い日に目にゴミが入るのと同じくらい珍しいことではなくなってきていたからだ。それでも、わたしは丁重に問い返した。

「非常に興味深いですね、ハーモン女史。今度は、いったい誰の名を挙げようというのでしょう」

だが、そう簡単に答えは教えてもらえなかった。

「どのようにしてわかったのかを、最初にお話しいたしますわ」物々しい口調で彼女は言った。「そうすれば、これから申し上げる証拠について理解なさることができるでしょうから。あたくし、推論に推論を重ねて、この謎を解決いたしましたの。あたくしがここまで申し上げるんですから、まちがいなく、すばらしい成果ですわ」

わたしは胸の内で溜め息をつき、話があまり長くならないことを願って、耳を傾ける心の準備をした。ハーモン女史は大きく息を吸うと、いきなり話しだした。

「そもそも、あたくしたちみな、犯人はリンデン記者の奥さんで、死んだ旦那さんの復讐のためにやっているか、そうでなかったら、あたくしたちの誰か一人が遺産を少しでも多くもらおうと仲間を殺していっているか、どちらかに違いないと決めてかかっておりましたでしょ。あたくしはね、ミセス・リンデンを疑っておりましたの。ガートルード・ヘネシーが殺されるまではね。でも、そのあと思い出したんですのよ。ミセス・リンデンは頭痛薬のカプセルのことは知らなかったって。ですから、あの女性がカプセルに毒を入れるはずはありません。でしょ？」

「そのとおりですね」わたしは頷《うなず》いた。「ミセス・リンデンは頭痛薬のカプセルの話が出る前にラウンジを出てゆきましたからね。そしてご指摘のとおり、存在すら知らなかった物に細工するというのは考えにくいように思えます」

「ええ、そうなんですの」わたしが同意の態度を示すと、ハーモン女史はいかにも満足そうに先を続けた。「もちろん、カプセルの一つに苛性ソーダが詰めてあるのを、あなたとミスター・コナントが発見したときは、あたくしたちみな、トドハンター先生が犯人だったのかと思いました。ですけど、先ほどトドハンター先生が殺されて、先生も無実だったことがわかりましたわね。このとき、あたくし、真実が見え始めましたの」

彼女は口をつぐんだ。劇的効果を狙ったのだろうか、それとも、わたしに何か質問してほしかったのだろうか。わたしは後者と踏み、こう言わざるを得なかった。

「申し訳ありませんが、仰《おっしゃ》ることに思考がついていっていないようです。なぜ、トドハンター先生の死によって犯人の正体がわかったのでしょう」

「いいえ、正確には、そうじゃございませんの」ハーモン女史は出し惜しみするように話を続けた。

「糸口を摑んだのがそのときだった、という意味なんです。そして、それを辿っていって証拠を見つけましたのよ」

ハーモン女史は座る位置をずらしたらしく、椅子が反発して続けざまにキーキーと音をたてた。話は続いた。

「あたくしたち、死んでしまった人、この場からいなくなった人は当然ながら潔白だと思い込んでおりますでしょ。ですけど、そうとは限りませんわ、レイン先生。ええ、限りませんとも」

わたしは彼女の話に俄然《がぜん》興味が湧いてきた。彼女もまた、ここにある死体の一つが実は死体でないかもしれないと考えたのだろうか。とは言え、それはないだろうとすぐさま判断した。いくら何でも、そんな常軌を逸した推理に二人もの人間が惑わされるはずはなかった。そのあと、また別の可能性が頭に浮かんだ。そちらのほうが、彼女の思考回路にはふさわしいように思えた。

「ということは、ハーモン女史」わたしは訊ねた。「トドハンター先生が犯人だったのではないかと仰りたいのでしょうか？　仲間たちを始末したあと気が触れて、自殺したのではないかと」

しかし、この予想もまたハズレだった。

「あら、そうじゃございませんわ」返事はすばやかった。「トドハンター先生は殺されたんです。他のみなさんと同じように。あたくし先ほど、この場からいなくなった人と申しましたけど、死んだとは限りませんでしょ。レイン先生、昨夜以降、他にも三人、この場からいなくなってましてよ。

あたくしたちの知る限り、あの方々は死んじゃいませんわ」

ようやく、彼女の言いたいことが飲み込めてきた。

「なるほど！」わたしは思わず叫んだ。「カルザース弁護士、使用人のダニエルズ、そして今度はミスター・ウィットルジーというわけですね。しかし、もはや三人ともこの山荘の中には居ないんですよ、ハーモン女史。居ないのですから、当然、人も殺せないでしょう――少なくとも最後のほうの人たちのことは」

だが、この反論に対する返答はすでに用意されていたらしかった。

「ミスター・ウィットルジーが消えたのは何時《いつ》なのか、正確なことを言える人はおりませんわ」それは確かだった。「ミスター・コナントによれば、一時間ほど前、ミスター・バークが殺されて全員で階段を駆け上がってきたときは、ミスター・ウィットルジーもまちがいなく一緒だったということでしたわね。ですから、そのときはまだ、この山荘の中に居たんでしょうね。でも、あたくしの申し上げている証拠について言えば、それは関係ありませんの。あたくし、証拠を摑んだんです。これ以上ない物的証拠を。あなただってご自分で見つけられたはずですわ。あなたの目が節穴じゃ――」

ハーモン女史は慌てふためいて言葉を切った。彼女の言いかけた比喩は、比喩であると同時に、わたしにとっては現実でもあったからだ。「探るべき的確な場所がおわかりになっていれば」勢いを失って、彼女は言葉を結んだ。

「では、わたしがウスノロだったために考えが及ばなかった証拠とは何でしょうか」彼女の失言には気づかなかったふりをして、わたしは訊ねた。

「その証拠というのは」自らの手柄に興奮するあまり、ひどく割れた声で彼女は言った。「三人のうちの一人が出ていっていないということですの。まだここに居るんです。この山荘のどこかに隠れているんです！」

「何と！」不本意ながら、わたしは大声をあげてしまった。そんなことを言ってくるとは思ってもみなかったからだ。「確かでしょうか、ハーモン女史。いったい何を見つけたんでしょう」

わたしに向かって身を乗り出してきたのだろう、ぜいぜいという息がまたも聞こえてきた。

「ミスター・ウィットルジーが見つからないと、スティーブン・ゲイロードが最初に言ってきたとき」ハーモン女史は声を潜めた。腹立たしいことに、話の山場は最後の瞬間まで取っておこうとしていた。「あの人の帽子と外套がなくなっているか、あたくし、一階の廊下のクロゼットまで確かめに行ったんですの。で、確かめていましたらね、それとは別の物が目に入ったんです。帽子があったんですのよ、レイン先生。そこにあるはずのない帽子が。誰の物だったかと言うと――」

閉まっていた書斎の扉を激しく叩《たた》く音がして、彼女の話は虚《むな》しくも断ち切られた。

思いがけない音に注意を奪われ、二人して椅子の上で体を強張《こわば》らせて、ドクッドクッと心臓の音を二、三回聞いたあと、わたしは立ち上がろうとした。

しかし、ハーモン女史に先を越されてしまった。

「お待ちになってて」彼女は囁《ささや》いた。「あたくしが見てきます。追い払ってきますわ」

「いえ、ハーモン女史」わたしは彼女を制した。「わたしに行かせて――」

だが、その間もなく、ハーモン女史は部屋を横切り、扉へ向かっていってしまった。扉の開く音がした。

「あら、あなただったの」次の瞬間、ハーモン女史はいつもの愛想のない口ぶりで言った。「あたくし、てっきり――」

言葉はここで、ぷっつり切れた。代わって聞こえてきたのは声ではなかった。声は、耳を覆いたくなるような規則性のないゴボッゴボッという音へ変わっていった。いきなり喉を両手で力いっぱい絞め上げられ、奥のほうへ押し戻されていくかのように！

わたしは椅子から跳び上がり、前方へ突進した。しかし、置いてあるのを知らなかったテーブルに行く手を阻まれ、両腕両脚を目いっぱい広げて這うようにして、その横を通り過ぎる羽目になった。自分が盲目であることを恨んだ経験は生まれてこのかた数回しかなかったが、これはそのうちの一回だった。わたしは体のバランスを取り戻すと、不慣れな部屋の中を手探りで進み、激しい、しかし次第に消えつつあった身悶《もだ》えの音のするほうへと向かっていった。

すると片方の手が、ざらついた男物の上着の袖をかすった。だが、摑もうとするや、わたしは体ごと乱暴に払いのけられてしまった。続いて、ドスッという鈍い、気味の悪い音がした。身の毛のよだつような音だったが、同時に、瑞々《みずみず》しく張りのあるメロンの果肉に果物ナイフを最初に突き入れたときと似ていると、実に馬鹿げたことを考えた。そのあと、身悶えの音はぴたりとやみ、間を置かず、分厚い絨毯《じゅうたん》の上に何かの落ちた微《かす》かな音がして、扉がそっと閉められた。

次の瞬間、ハーモン女史の力の抜けた体が、わたしの上にぐにゃりともたれかかってきた。わたしは咄嗟《とっさ》に腕を回し、その体が床の上に滑り落ちていかないよう支えた。すると、ブラウスの前側に押し当てた手の指の上や間を、じっとりした生温かいものが流れていった。その正体を知るのに視覚は必要なかった。

「ゲイロード君！　コナント！」死にかけている女性を両腕で抱きかかえながら、わたしは叫んだ。「どこだ」

何度も呼びかけたのち、ようやく声は届いた。やがて、一人は山荘の裏のほうから、もう一人は正面階段から走ってくると、二人ほぼ同時に書斎に飛び込んできた。

「パット！　どうした――」コナントが言いかけ、そして黙った。

この有様を言葉で表現したのはゲイロードだった。

「いや、何てことだ！」単語が喉に詰まって声が出てこないかのように、苦しそうに彼は言った。「ハーモンさんじゃないか！　刺されて死んだのか。まさしく……まさしく昨日の晩、本人が選んだ方法で」

第一五章

二人はハーモン女史の体をわたしから引き離すと、頭と足の側から抱え上げ、書斎の奥の壁沿いに置かれていた寝台兼用の長椅子まで運んだ。そのあとコナントは、わたしがバークの死体を見つけたときとまったく同じ言い回しで訊いてきた。

「何があったの、パット」

わたしは事の顚末を説明した。

「こんなことになるなんて」最後にわたしは言った。「まさに、この部屋に、わたしも居たというのに。それなのに、防ぐこともできなければ犯人の正体を突き止めることもできなかった。ある意味で、わたしの責任でもあると思う。わたしにだって、何かしらできたはずだ」

コナントはわたしの肩に手を置いた。

「そんなふうに考えちゃだめだ」彼は言った。「何もできなくて当然だよ。でも、気持ちはわかる。僕にだって、人を見殺しにした経験が……」コナントは最後まで言わなかった。そのあと、わたしの肩から手を外し、床から何かを拾い上げるように身を屈《かが》めた。ハーモン女史が刺された直後に物が落ちる音がしたが、それに違いなかった。

「何だい」わたしは訊ねた。「ナイフかい」

「ああ」コナントは答えた。「台所で使ってる、何てことないナイフに見える。犯人の手がかりになるような貴重な物とは思えないよ」

「だとしても、警察は指紋を調べたがるだろう」わたしは言った。指紋が残っている可能性は極めて低いとわかってはいたが。「念のため、ミスター・バークの机の中にしまっておいてくれないか」

コナントはわたしの指示に従った。そして、まだ長椅子の前でうつむいていたゲイロードに声をかけた。

「死んでるんだね、スティーブ」

ゲイロードは、死んでる、というようなことを低い声で言った。するといきなり、死体から顔を背《そむ》けたようだった。吐き気を必死で堪《こら》えるような、喉を詰まらせたような音が聞こえてきた。

「これで」コナントが言った。無意識に心の声が出てしまったかのようだった。「あと二人か」

ゲイロードがこちらに顔を向けた。

「何が言いたいんだよ、コナントさん」荒々しい口調だった。

「いや別に」相変わらず気だるそうな、心ここに在らずといった声でコナントは答えた。「ただ、そのうち僕らの血潮も見上げる高さにまで迸《ほとばし》り出るんだろうな、と思ってね」

ゲイロードがフッと笑った。無遠慮で品のない笑いだった。神経が今にもパチンと切れそうなのが、手に取るように伝わってきた。

「言っておくけど」憎々しい調子でゲイロードは言った。「俺は今まで一階に居た。俺が裏階段を下りてくのを見ただろ――屋根裏で一仕事終えたあと。でも、あんたは一緒に来なかった。どこに行ってたんだよ」

「僕はトドハンター先生の部屋に居た」と、コナントは答えた。「凶器の注射器が本人の往診カバンから持ち出された物かどうか確かめようと、あの部屋へ戻った。で、思ったとおりだった」最後に、取って付けたように彼は言った。

ゲイロードは憚《はばか》らずにせせら笑った。

「証明できるのかよ」この一言はあからさまだった。

コナントは震えているようだった。体だけでなく心も。

「いや」彼は唐突に口を開いた。「証明など必要ないと思う。ただ――」

コナントが何を言おうとしたのかはわからなかったが、二人が一触即発の状態であることだけは確かだったので、わたしは割って入ることにした。

「二人ともやめなさい」命令口調でわたしは言った。「残ったわたしたちが取り乱してる場合じゃない。ゲイロード君、デリーとミセス・リンデンを捜して、できる限り冷静に今回のことを伝えてくれないか。アーサー、一階に下りる前にわたしに付いた血の染みを落としておきたいから、一緒に来て、見てくれるかい」

二人とも言うことを聞いてくれないかもしれないと、一瞬、心をよぎったが、緊張状態はすでに解《ほぐ》れていた。

「で、どうするんだよ……その人は」ゲイロードが言った。誰を意味するのかは言うまでもなかった。「ここに放ったまま出てくわけにいかないだろ」

「そうだね」そのとおりだった。「君たち二人で、他の人たちと同じところへ運び上げてくれないか。そのあと、ラウンジまで下りてきてくれ。わたしも身なりを整えたら、すぐに行く」

「上着は替えたほうがいいよ、パット」わたしが扉を開けると、コナントが背後から声をかけてきた。「左の袖に血の染みが付いてる」

　廊下に出ると、階段を上ってくる足音が聞こえた。

「誰だ」わたしは語気を強めた。

「デリーよ」彼女の声が返ってきた。そのあと、わたしに付着した血が目に入ったのだろう、ギョッとしたように小さな叫び声をあげ、デリーは駆け寄ってきた。

「パディ、怪我してるじゃないの！　どうしたの」

　わたしはデリーを書斎の扉から離れた場所へ引っ張っていった。いつ、コナントかゲイロードが扉を開け、その奥を彼女が覗き込んでしまうかわからなかったからだ。

「いや」わたしは言った。「わたしは平気だ。わたしじゃ……ないんだ」

　デリーはその意味をすぐさま理解した。

「ハーモンさん？」と、彼女は訊いた。消え入りそうな声からは怯《おび》えが伝わってきたが、自制心はどうにか保たれていた。

「そうだ」わたしは隠さずに答えた。「どうしてわかったんだい」

「だって……血が」彼女は言った。「あの人の選んだ方法は……。ねえ、パディ、何かわたしに手伝えることはある？」

　こう訊かれ、わたしは思いついたことがあった。

「ああ、あるよ。でも、その前に、リンデン記者の奥さんはどこだい？」

「少し前に台所へ行ったわ。昼食の時間だとか何とか言って。そんなもの誰も食べたくないと思うけど……今はね」

「食事を作っていてもらおう」わたしは言った。「そのほうが、気が紛れるだろう。それじゃあ、手伝いをお願いするよ。男性客用の帽子と外套がしまってある一階の廊下のクロゼットに行って、そこにある物を全部調べてきてくれるかい。特に帽子を。それで、その数を教えてほしい。誰の物かも、わかる範囲で」

「わかった、すぐやる」力強く彼女は答えた。どうしてそんなことをするのかしら、という当惑と好奇心が声に表れてはいたが、質問する時間を惜しんでくれた。

　軽やかに階段を下りてゆくデリーの足音を聞き届けてから、わたしは洗面所へ向かい、手に付いたハーモン女史の血の染みを洗い流した。

　一〇分ほどして、上着だけでなくシャツも着替えてラウンジへ下りてゆくと、コナントとゲイロードがわたしを待っていた。ゲイロードがこう切り出した。

「レインさん、コナントさんと話してたんだけどさ、こうしようと思うんだ。カルザース弁護士が助けを連れて戻ってくるのをこれ以上待っていても無駄だ。だって、もうこんな時間だよ。きっと町へは辿《たど》り着かなかったんだろう。だから、電話線をつなぎ合わせてみようと思う。二階の書斎の窓のすぐ下の部分が切り取られてるんだけど、予備の電話線と背の高い梯子《はしご》が車庫にあれば、切り取られた部分に建物の外側から届いて修繕できるはずだ。レインさんも一緒に来るかい？　それとも、ここで待ってるかい？」

わたしはすばやく考えを巡らせた。双方が相手に少なからぬ不信感を抱いているのは明らかだった。二人だけで行かせて、そうした危険な作業をさせても大丈夫だろうか。だが一方で、わたしまで一緒に行けば、デリーとミセス・リンデンだけを山荘の中に残すことになってしまう。真犯人がまだ隠れているに違いないとハーモン女史が言っていた、この建物の中に。ハーモン女史をあのような目に遭わせてしまった自分は守るという意味ではいかに無能か、現実は直視していたけれども、それでも、誰も居ないよりはましだった。わたしは残ることにした。

「ここで待っているよ」わたしは答えた。「君たち二人とも、一つだけ忘れないでほしい。互いに不信感を抱き合っている暇はないことを。殺される直前にハーモン女史がわたしに伝えようとしたことが真実だとしたら、君たち二人の潔白が証明されるだけでなく、真犯人の特定にもつながるかもしれない。この件については、君たちが戻ってきたら話すよ」

ゲイロードはこの場であれこれ質問したかったようだったが、少しでも早く仕事を片付けたほうが助けも早く来てくれるよ、とコナントが急《せ》かした。二人が行ってしまうと、入れ替わるように、リンデン記者の妻がラウンジに入ってきた。

「ミス・オハラから聞きました。ミセス・ハーモンのこと」彼女は言った。一切の感情も、ほぼ抑揚もない口調だった。「本当ですか、あの女が……ナイフで殺されたというのは」

「ええ」わたしは答えた。「本当です、ミセス・リンデン。だが、それ以上のことは訊かないでいただきたい。気持ちのいい話ではありませんから」

「それ以上のことなど知りたくもないわ」リンデン記者の妻は言った。その声には、どことなく謎めいた響きがあった。あたかも彼女の住む世界では、非現実だけが現実であるかのように。「あの女は死んだ。それで充分」

彼女はラウンジの奥まで入ってきた。ブリッジ用のテーブルの上に置いてあった、誰も片付けようとしなかった細々《こまごま》した物を、心ここに在らずで弄《もてあそ》んでいるのが聞こえた。

「あの女は死んだ」リンデン記者の妻はくり返した。薄気味悪い調子で、思いに耽《ふけ》るように彼女は言葉を続けた。「残忍な殺され方ね。きっとあの女が誰かを殺すときも、そんなふうに殺したんでしょうね。残るは二人だけ……いえ、三人。でも、今日一日が終わる前に、あの人たちもきっと死ぬ」

身も凍る風のように、彼女の言葉はわたしを吹き抜けていった。

「ミセス・リンデン、少し考えていただけませんか！」わたしは思わず大声を出していた。「人の命が奪われたんです。恐怖とか憐《あわ》れみとか、そうした感情は湧かないのでしょうか」

彼女は弄んでいた小物から手を離した。カチャンという微《かす》かな儚《はかな》い音とともに、それはテーブルの上に落ちた。

「恐怖、ええ、そうね」わたしの質問の重さを量っているかのように、彼女はゆっくりと答えた。「死はいつでも恐怖。でも、憐れみは……いいえ、レイン先生、申し訳ないけど感じません。あの人たちは夫に憐れみを示さなかった。だから、わたしも示すわけにはいかない。あの日、あの女、ハーモンは、夫を死に至らしめることになると知ってから陪審員席に戻ってくるとき、薄笑いさえ浮かべていたのよ。それなのに、どうしてあの女に同情しなければならないの」

わたしは答えなかった。どんな言葉も適切な答えにならないとわかっていたからだ。

そのとき、デリーがラウンジに入ってきた。

「調べてきたわよ、パディ」と彼女は言い、「それでね――あっ」とリンデン記者の妻の姿を認めるなり、口をつぐんだ。

「もう、寝室へ行きます」リンデン記者の妻は、デリーに気づかないかのように続けた。「この話をロバートにしなくちゃ」

彼女が背を向け階段を上り始めると、冷酷で容赦ない運命の神のせいでほぼ空っぽになってしまった山荘の中を、足音だけが虚《うつ》ろに響いた。

「ああ！」わたしと二人だけになると、デリーはぶるりと体を震わせたようだった。「あの人のことは心から気の毒に思ってるんだけど、でもね、気味が悪いの。死んだ旦那さんに、しょっちゅう話しかけてるのよ。まるで、まだ生きてて隣に居るみたいに」

「ある意味で、生きているのかもしれないよ」わたしは言った。「デリー、亡くなった人は、わたしたちが考えるよりずっと近くに居るんじゃないかと思うことが、ときどきあるんだ」そのあと、この事態にそうした話がどう聞こえるかに気づき、慌てて先を続けた。「ところで、帽子と外套はどうだった？」

「全部、細かく見てきたわよ。あなたに言われたとおり」盗み聞きされるのを警戒しているのか、彼女は声を潜めた。「外套が七着、帽子が八個あった」

「それぞれ誰の物か、わかったかい？」わたしは訊ねた。そして、数が合わないではないかと、彼女に怪しまれるような声や言い回しになっていませんように、と願った。というのは、外套二着と帽子三個がバークの物でもない限り、残っているのはそれぞれ六人分のはずだったからだ。

「ええ」デリーは答えた。おかしいと思っているようではなかったので、わたしはほっとした。「外套の三着には名前の布が縫いつけてあったの。バークさんとトドハンター先生、それとコナントさん。あと二着はスティーブン・ゲイロードと、あなたの。わたし、知ってたから。六着目のはサイズが小さかったから、きっとクロスビー教授のだわ。でも、七着目のは誰の物かわからなかった」

「おそらくジム・バークの予備だろう」と、わたしは言ってみた。

だが、デリーは納得しなかった。

「いいえ、違うと思う。バークさんのより二サイズは小さかったもの」

「帽子はどうだった？」余分な外套についてデリーが余計なことを考え始める前に、わたしは畳みかけて訊いた。加えて、知りたかったことはすでにわかった。

「ああ、それは簡単」デリーはすぐさま答えた。自分が役に立っているという思いが自信となって、彼女はそれまでの緊張感から解放されていた。「どの帽子にも、内側の帯にイニシャルがあったから書き写してきたわ」

紙を広げる音がして、彼女はそれを読みあげ始めた。というより、書いてきたことの解説を始めた。

「まずA・T、これはトドハンター先生ね。だってTがつくのは先生だけだもの。それからE・Cが二つとA・Cが一つ。これはクロスビー教授とコナントさん。クロスビー教授は替えの帽子も一つ持ってきてたみたいね。それから、J・Bの印があるのが二つ。これはもちろんジム・バークの意味。最後があなたとスティーブンのよ。解決したかしら？　パディ」

「ああ、したと思う。ありがとう、デリー」

どんなふうに解決したのか訊ねてこないのを願っていたのだが、それは期待しすぎというものだったろう。案の定、彼女は訊ねてきた。

だが、説明は予め用意していた。納得してくれますように、と思いながら。

「殺される直前なんだが、ハーモン女史が、ミスター・ウィットルジーはこの山荘の中に居るのではないかと言ってきたんだ」わたしは嘘をついた。「そうでないのを確認したかった。それだけだ」

「まあ」と返事したものの、デリーは上の空だった。そのあと、見ることはできなかったけれど、彼女が何かしら数えているのがわかった。そして突然、口を開いた。

「パディ！」その大きな声には、それまでの恐怖心と緊張が戻ってきていた。「外套が一着多いじゃないの！　わたしたちの知らない誰かがこの山荘に隠れてるんだわ！」

これ以上ごまかそうとしても無駄だろうと、わたしは判断した。

「そうだね、デリー」仕方なく、わたしは言った。「誰かが居るのかもしれない。でも、怖がらないで。コナント君とゲイロード君が電話線の修理から戻ってきたら、最初にやるべきだったことを三人でやるから。山荘の中を、地下から屋根裏まで徹底的に調べ尽くすよ。誰かが隠れているなら必ず見つけ出す」

デリーはわたしの言葉を勇ましく受け入れた。それでこそデリーだ。しかし、彼女が小さく息を呑むのが聞こえた。

「それ、誰だと思ってるの、パディ」と、わかるかわからないかの僅《わず》かな間を置いて、彼女は訊いてきた。「わたしたちの知ってる人？」

「そうかもしれない」わたしは正直に伝えた。「だが、憶測はやめておこう。今にわかるはず――」喧《やかま》しい音とともに通用口が開き、そのあと廊下でコナントとゲイロードの声がした。ワアワアと騒ぎながら、何か重たい物でも苦労して運んできたようだった。

「まったく、いったい――」とデリーは言いながら、様子を見に、廊下へ続く扉に向かった。

「あらまあ！」次の瞬間、デリーは叫んだ。「あの人たち、ウィットルジーさんを見つけたわよ！」

第一六章

デリーの言ったとおりだった。コナントの説明によれば、このおチビさんはミスター・バークが殺されたとわかるや逃げ出して、車庫に隠れていたところを二人に発見されたらしかった。寒さで体は麻痺し、意識も朦朧《もうろう》としていた。

「ダニエルズのまねして逃げ出そうとしたけど、怖じ気づいて、あそこに隠れることにしたってとこだろ」ゲイロードはそう言うと、暖炉の前の長椅子の上にウィットルジーを無造作に放り投げた。

「コナントさんと一緒にこの人を介抱してくれよ、レインさん。また雪が降りだしそうな空模様なんだ。その前に電話線を何とかしなきゃならないからな」

コナントと二人でおチビさんを抱えて寝室へ運び、ベッドに寝かせた。そのあいだデリーは、おチビさんと、そしてゲイロードが外から戻ってきたときのために熱いコーヒーを用意しようと台所へ向かった。

わたしたちが毛布を何枚か掛けてあげると、ウィットルジーは完全に意識を取り戻した。

「ここはどこ――」と弱々しい声で言いかけたあと、状況を理解した彼は毛布を撥《は》ねのけ、ベッドの上でぴょこんと体を起こした。

「ここから出してくれ！」ウィットルジーは絶叫した。狂乱するあまり、ソプラノ歌手のような声になっていた。「あなた方に、あたしをここへ連れ戻す権利はないでしょ、殺されるだけだってのに！　あたしゃ――」

わたしは彼の両肩を摑《つか》み、枕の上に無理やり押し戻した。

「横になっていなさい、ミスター・ウィットルジー」わたしは命じるように言った。「でないと本当に死んでしまう。コナント君とゲイロード君が見つけてくれなかったら、あそこで凍え死んでいたところです」

こう言われ、少しは静かになったものの、それでも彼は頑《かたく》なに片方の肘をついて起き上がった。

「トドハンター先生はどこでしょ」思いも寄らぬことを彼は訊いてきた。「体がおかしくなったってなら、医者に診てもらわないと」

この質問には不意を突かれた。まったく頭から抜けていたが、トドハンター医師が死んだことをおチビさんは知らなかったのだ。精神状態を考えると、彼に事実を知ってほしいとは思えなかった。すると、コナントが話に加わってきて、実にみごとにこう言ってのけた。

「怖くないんですか？　トドハンター先生に診てもらうのは」皮肉っぽい口調で彼は言った。「ミセス・ヘネシーのカプセルの件を、まさか、お忘れではないですよね」

ミスター・ウィットルジーは鼻をすすり始めた。

「どっちにしろ死ぬということですな」哀れな声だった。「治療してもらえずにこのベッドの上で死ぬか、それとも殺されるか」

そのとき、デリーがコーヒーを運んできた。

「これ、飲んでもらってください」と彼女が言うと、コナントはトレーを受け取った。「もし、わたしに何か用があったら、ミセス・リンデンと一緒にバークさんの書斎にいますから。スティーブが電話線を直すところを見てようと思って」

「二人があそこへ入っても大丈夫かな、アーサー」デリーが行ってしまうと、わたしは訊いた。「痕跡はないよね……」

ウィットルジーの耳に届かぬよう声を低くしたのだが、彼は聴いていた。

「どうして、お二人があそこへ入っちゃいけないんでしょ」ウィットルジーは即座に怪しみ、問い詰めるように訊いてきた。「何の痕跡がないんでしょ」

「ああ、お願いだ、黙っててくれ！」コナントがウィットルジーを怒鳴りつけた。「彼女たちが書斎に行きたいなら、行っちゃいけない理由なんかないよ。さあ、これを飲んで。淹れたのはミス・オハラだ。毒を心配する必要はないからね」

コナントはトレーをベッドまで運び、ウィットルジーに渡した。そして、そこから離れると、マッチを擦る音が聞こえ、まもなく、コナントの吸う煙草の煙がにおってきた。

「ゲイロードさんが電話線を直すところを見ていると、オハラ嬢は仰《おっしゃ》いましたかな？」ウィットルジーは熱いコーヒーをごくりと飲み込む合間に、今度はこう訊いてきた。「直せるんでしょうかな」

「本人は直せると言っています」わたしは答えた。「うまくいけば、町に電話できるようになって一時間以内に助けが来るでしょう」

「一時間以内?」ウィットルジーは聞き返した。「それなら、さほど長くありませんな」とは言え、首を傾《かし》げているような口調でもあった。一時間あればどんなことが起こって、どんなことが起こらないか、考えを巡らせているらしかった。

ウィットルジーは黙ってコーヒーを飲み終えた。すると、部屋の奥に行っていたコナントが戻ってきて、彼からトレーを受け取り、寝室用タンスの上に載せた。

「煙草は?」そのあとコナントは言った。「灰皿スタンドをこのベッドの横まで持ってきましょう」

「あたしゃ、吸いませんでね」ウィットルジーは迷惑そうな口調で答えた。「身の安全を保障してくれるなら、少し眠りたいんですがね」

「それがいいでしょう」コナントは言った。「レインと僕は、自分たちの寝室に居ることにしますよ。続き部屋になっている洗面所を挟んで隣ですから、あなたの側と僕らの側とで洗面所の扉を開け放しておきましょう。呼んでくれれば、僕らまで声が届くはずです」

わたしたちはウィットルジーの寝室との間の小さな洗面所を通り抜けて、自分たちの寝室へ向かった。約束どおりコナントは両方の側の扉を開け放したが、洗面所と廊下との間の扉にはしっかり閂《かんぬき》を掛ける音が聞こえた。そのあと、わたしと二人だけで話したいことでもあるのかと思っていたのだが、彼は数秒ほど寝室の中で突っ立ったまま、じっと何かを考えているようだった。

いつまで経っても黙っているので、わたしは自分から声をかけ、ずっと気がかりだったことを質問した。ジム・バークとトドハンター医師が死んでから、立て続けにいろいろなことが起こったので、訊けないままになっていたのだ。

「消えたピストルはどうなったのかな、アーサー。見つかったかい？」

「ピストル？」まるで意味のない言葉でも聞いているように彼は訊ね返してきたが、すぐに理解し、「いや」と答えた。「捜している最中にバークさんの騒ぎが始まって、ここに上がってきたから。それ以降は捜す時間がなくて。まさか君は……」

「正直なところ、その銃が見つかれば、ミスター・ウィットルジーの身の安全ついては一安心できると思ってね」わたしは答えた。「でも、まあ、わたしたち二人がこうして隣の部屋に居るわけだから……」

コナントはしばらく黙っていたが、突然、こんなことを言ってきた。声の調子がまったく変わっていた。

「ねえ、パット……さっき君が隣の部屋でウィットルジーさんに言ったとおり、ゲイロード君が電話線を直したら警察に連絡できる。そうなれば、一時間かそこらですべてが終わる。でも、心配なことが一つあるんだよ。警察が来たら、僕らは何て話せばいい？」

質問の内容以上に、わたしは彼の口調に戸惑った。

「どういう意味だい」わたしは言った。

コナントは部屋を横切ってベッドまで行くと、その端に腰を下ろしたようだった。

「どういう意味かと言うと、残るリンデン事件裁判の陪審員は今やあと三人、ゲイロード君とウィットルジーさんと僕だけだ。僕らの推理によれば、仲間を殺したのは三人のうちの誰かだ。でも、それを警察に話したら、三人とも容疑者になって拘束されるよね」

外套が余分にあるのをデリーが確認したこと、それによって新しい可能性が出てきたことを伝えようとわたしは口を開きかけたが、声を出す間もなく、コナントは話を続けた。

「そうなれば、無実の二人が警察の尋問を受け、屈辱を味わうことになるよね。新聞がどんなふうに書きたてるかは言うまでもない。君には、はっきり言わせてもらうよ。少なくとも僕は、そんな目に遭うのは一切ごめんだ。きっと耐えられない。まるで、あのときの……」コナントは一度言葉を切り、また続けた。「僕が言いたいのはね、こういうことなんだ。トドハンター先生が死んでるのを見つけた直後に、君はこう言ったね。昨日《きのう》の晩、クロスビー教授が殺される場面を再現したときの時間表におかしな点がありそうだって。もしそうなら怪しいのはスティーブ・ゲイロードだと暗に言ってるわけじゃないんだよ――彼が犯人だったら、電話線を直そうと言いだすはずないものね。で、思ったんだ。僕ら二人で時間の流れを最初から入念に追っていけば、時間の範囲を狭めたり、一人、あるいは二人の潔白を確実に証明できたりする手がかりが見つけられるんじゃないかな」

もっともな提案に思えた。消えたピストルの行方が少々胸に引っかかってはいたものの、電話線を継ぐ作業をゲイロードが終えるのを待つあいだ、コナントの提案に従うのも悪くないかもしれなかった。そこで、わたしは先ほどの書きかけのメモ用紙を取り出すと、見逃していると思われる箇所があったら途中で指摘してくれ、と彼に頼み、メモの内容を声に出して読み始めた。

三分の二ほど読み進めたところで、パタパタと奇妙な音がするのに気づいた。窓の日除けがはためくのに似た、しかし、それより少し高い調子の音だった。

「何の音だろう」わたしは読むのを中断した。

「音？」コナントは、わたしの質問に無理して注意を向けたようだった。この一分ほど――いや、実のところ、わたしがメモを読み始めたときから――彼がこちらの声にまったく耳を傾けていないことに、わたしは気づいていた。「ごめん、パット」彼は詫《わ》びた。「僕がノートにかけてあるゴムバンドを弾《はじ》いて鳴らしてたんだ。何だか神経がピリピリしてるみたいで……」

コナントは口をつぐんだ。かと思うと、唐突に大声を出した。

「もう言ってしまうよ。僕が気になって仕方ないのはゲイロードだ。電話線の作業はとっくに終わってってもいいんじゃないかな」

わたしはメモ用紙を脇に置いた。

「それは」と、わたしは訊ねた。「ゲイロード君の身に何かが起こってやしないかと案じているのかい？　それとも……」

彼は答えず、またもゴムバンドをパチンパチンと鳴らし始めた。

わたしは一、二秒待ってから、言葉を結んだ。

「それとも、犯人は彼じゃないかと疑っているのかい？」

ゴムバンドがひときわ鋭く鳴り響いた。コナントは低い声で口汚い言葉を吐いた。

「畜生め、ゴムバンドが切れた」何が起こったのかをまず、こう説明した彼は、そのあと、わたしの質問に戻った。「僕は誰にも、これっぽっちも疑いの念なんてもっちゃいない。ただ……残りはあいつとウィットルジーだけだし、ウィットルジーは僕の座っているこの場所から見えてるから」

ベッドの発条《バネ》がキーッと軋《きし》んだ。コナントが立ち上がったのだ。

「ここを出て、書斎に行ってみようよ」と、彼は言った。「そしたら、あいつがどうしてるか、わかる」

わたしも立ち上がった。が、そこで、ふと思った。

「ミスター・ウィットルジーはどうする？　彼を独りにしないと約束したよね。ピストルの行方がわからないことを考えると……」

「そうだね」コナントは応じた。「忘れてたよ。どちらか一人がここに残って、そのあいだにもう一人が――」

その瞬間だった。ウィットルジーの寝室から銃声が聞こえたのは。

第一七章

コナントが続き部屋の洗面所を走り抜けた。わたしもその後ろにぴたりとついた。しかし、わたしたちが辿《たど》り着いたときには、おチビさんは息絶えていた。部屋の中にはまだ、あたかも禍《わざわい》をもたらす香木のように無煙火薬の爆発したツンと鼻を突くにおいが漂っていて、鋭い爆発音は周囲の壁になお反響しているように思えた。

コナントが短く吠えるような笑い声をあげた。

「七人目」声高らかに彼は言った。「頭をぶち抜かれてる。さてこれで、少なくともまた一人、容疑者が減ったわけだ」

わたしたちが背にしていた扉のところからデリーの声がした。わたしもコナントも彼女が入ってきた音にまったく気づいていなかったのだ。

「どうしたの?」デリーは語気鋭く訊いてきた。「まるで銃声みたいな音が聞こえ――あっ!」ベッドに横たわる男の姿が目に入ったのだろう、最後の一言は事態を理解した恐怖の喘《あえ》ぎだった。

コナントは振り向いたときに慌てたらしく、ベッドの頭側にあった灰皿スタンドをひっくり返した。

「来ちゃいけない、ミス・オハラ」と彼は言い、それから訊ねた。「スティーブ・ゲイロードはどこだい？」

「今、戻ってくるところ」と、デリーは答えた。声は強張《こわば》ってはいたが、取り乱してはいなかった。

「ちょうど電話線の修理が終わって、そしたら……音が」

「ミセス・リンデンは？」

「わたしと一緒に書斎に居たわ。待っててもらってるの」

「彼女のところに戻りなさい、デリー」わたしは指示した。「そして、二人とも書斎から出ないように。電話が通じるなら、警察に電話してケネス・マクダーモット警部補を呼び出してもらってほしい。わたしの友人だ。それから、ゲイロード君が二階に戻ってきたら、ここに来るよう言ってくれ」

デリーは階段の下り口のところでゲイロードと会ったらしく、コナントが先ほど倒した灰皿スタンドを起こしている最中にやってきた。

ゲイロードは扉のところで立ち止まり、寝室の中の様子を窺《うかが》うと、予想外のことを口にした。

「まさか、チビのウィットルジーおやじの仕業だったとはな！　で、ゲームはもう終わりってことで、こんな方法を選んだわけか。まったくね！　こいつだったとは思ってもみなかった」

「ウィットルジーだった……」コナントは意味が理解できないように言いかけたが、そのあと、「ああ、そういうことか」と続けた。

コナントはわたしに向かって言った。

「スティーブの言うとおりに違いないよ、パット。君と僕は一緒に居た。ミス・オハラとミセス・リンデンは一緒に書斎に居た。スティーブは山荘の外の梯子《はしご》の上に居て、女性二人にはそれが窓から見えていた。となると、残るはウィットルジーだけだ。一時間ほどで警察が到着すると君に言われて、考えているうちにパニックを起こしたに違いないよ。それで、自分が仲間を殺した犯人だとわかってしまう前に死んだほうがましだと思ったわけだ」

「ピストルは?」わたしは訊ねた。「ここにあるのかい?」

「ごめん」コナントは言った。「君にはわからなかったね。ピストルがベッドの頭側のそばの床の上にあるんだよ。本人の手から落ちたに違いない」

ゲイロードが部屋の中に入ってきて、ベッド脇に跪《ひざまず》くのが聞こえた。

「触るなよ」わたしは注意を促した。「警察が来るまで、そのままにしておかないと」

「わかってるよ」と、彼は言った。「それにしても、この周りに飛び散ってるヤツは何だ? 煙草の灰みたいだけど」

「たぶん、そうだろう」コナントがぼんやりした口調で答えた。「たった今、うっかり灰皿スタンドを倒した。きっと受け皿に灰が入っていたんだろう」

ゲイロードがゆっくりと立ち上がった。これと言った理由はなかったが、彼が釈然としない態度でいるのが、どことなく伝わってきた。しかしこのとき、わたしの意識は別の問題に向いていた。

「ウィットルジーがピストル自殺したのなら」わたしは言った。「顔に火薬でできた火傷《やけど》があるはずだが、どうだい?」

近くに居たくないとでもいうようにベッドから離れた場所に立っていたコナントが戻ってきた。「顔の右側が黒くなってるよ」一、二秒して、彼は報告してくれた。「でも、はっきりした火傷には見えないな」

「きっと、銃を目いっぱい自分から離して持ったんだろ」ゲイロードがそんな推測をした。「この手の男はそういうことをするもんだぜ」

完璧に辻褄《つじつま》が合った。ベッドの頭側の床の上にはピストル、死体の顔面には火薬による火傷、山荘の中に居る全員の明確な現場不在証明《アリバイ》。たしかに、ミスター・ウィットルジーの死は自殺と考えるのが筋だったろう。しかし、それ以外についても筋は通るだろうか。彼の自殺が他の六人を殺害した罪の告白だったとしたら、例えば、身長も体重も彼の軽く二倍はありそうな巨漢のジム・バークの首を絞めたことは筋が通るのだろうか。一階の廊下のクロゼットの中にある余分な外套については筋が通るのだろうか。

ふと気づくと、周囲が静まりかえっていた。わたしが何か言いだすのを、他の二人が待っていたのだった。

「自殺説を受け入れて」と、わたしは口を開いた。「一件落着としたいところだが、残念ながら、それはできない。もう一つ、可能性が残っている。わたしたちの知らない誰かがこの山荘に隠れていて、機会《チャンス》を見つけて出てきては、人を襲っている可能性だ」

わたしは外套のことを二人に話した。

「そして、もう一点」と、最後に言った。「ジム・バークは殺害される直前、なぜ屋根裏へ上っていったんだろうか。アーサー、君は、わたしの聞いたドサッという音を彼も聞いて、何事かと思い、階段を上っていったんじゃないかと言ったね。もしそうだとしたら、犯人が屋根裏を隠れ処《が》にしているということじゃないだろうか」

「ありえるね」コナントはゆっくりと口を開いた。自分なりに考えを巡らせているらしかった。

「屋根裏には部屋が二つある。僕らがあそこへ上がっていくときは、死体を並べた裏側の部屋しか見ないものね。もし誰かが隠れているとしたら……」

「そうか！」ゲイロードが大声を出した。閃《ひらめ》くと同時に困惑したような響きだった。「それで合点がいったぞ！」

「何の合点だい？」コナントとわたしは口を揃《そろ》えて訊ねた。

「煙草の灰だよ」答えはすぐそこまで来ているかのように、大興奮でゲイロードは言った。「ウィットルジーは煙草を吸わなかったろ。ってことは、他の人間がこの部屋に居たってことだ！」

「ああ、居たよ」コナントが素っ気なく返事した。「他に二人ね。ミス・オハラが淹れてくれたコーヒーをウィットルジーが飲むあいだ、レインと僕がここに居た。僕が煙草を吸ったのかもしれないな。憶えていないけど」

「吸ってたよ」わたしはコナントに言った。「マッチを擦って煙草に火を点ける音がして、そのあと煙草の煙がにおってきた」

「でも……」とゲイロードは言いかけ、そして口を閉じた。

「でも、何だい」コナントが訊ねた。

「いや、何でもない」ゲイロードは答えた。「ただ……俺たちで屋根裏に上がってって、この目で確かめれば、レインさんの説が正しいかどうか簡単にわかるってのに、何でここに突っ立ってあれこれ言い合ってるんだ？　それとも気が進まないか？」

コナントが鋭い口笛のような音を出して、息を短く吐いた。だが、ゲイロードの問いかけに応じる声は極めて穏やかだった。

「気が進まないことがあるもんか、スティーブ。手っ取り早く解決したいばかりに僕が自殺説を主張していると思ってるんだとしたら、自殺説を最初に言いだしたのは君だからね。今すぐ屋根裏に行くかい？」

「喜んで」ゲイロードは言った。「善は急げだ」

ゲイロードは扉に向かった。ところが行き着かずして、恐怖に怯《おび》えたデリーの絶叫が廊下から聞こえてきた。

「パディ！　スティーブ！　屋根裏の階段を誰かが下りてくる！」

ゲイロードは取っ手をグイと捻《ひね》って扉を開けると、廊下に飛び出した。コナントとわたしも互いに押し合いながら、あとに続いた。すると、わたしたち全員の耳に聞こえてきたではないか。あたかも歩くのに難儀しているようなドスン、ドスンという重い足音が。屋根裏とをつなぐ箱型階段を下りてくる。息絶えたジム・バークが投げ落とされてから三時間ほどしか経っていない階段を！

「参ったな！」ゲイロードが低い声でぼそぼそと言った。「あんたの予想は当たりだったね、レインさん。女の人二人を避難させてくれないか。そのあいだにコナントさんと俺で――」

と、いきなり、わたしたちの背後でミセス・リンデンが悲鳴をあげた。

「やめて！」気も狂わんばかりの金切り声だった。「違うの！　あの人は違う――」

コナントが、乱暴な調子でミセス・リンデンに詰め寄った。

「誰なんですか。いったい誰を、この上に匿《かくま》っていたんですか」

だが、彼女が答えるより先に、たどたどしい足音は階段の下に辿《たど》り着き、閉まっていた扉が、寄り集まっていたわたしたちの前で開き始めた。

緊張の瞬間が永遠に続くかに思われた。そのあと、驚きのあまり息を呑む音が周囲から一斉にあがった。

わたしの腕に触れていたデリーの手がギュッと強張った。

「まあ！」デリーは囁《ささや》きよりも僅《わず》かに高い声を出した。「カルザース弁護士！」

第一八章

カルザース弁護士はよろめきながら、二歩、三歩とわたしたちに近づいてきた。「誰か、手を貸してください」しわがれた声で彼は言った。「体がきつくて動かない」

ゲイロードが荒々しい耳障りな声で、茶化すような笑いを放った。

「そりゃ、そうだろ」彼は痛烈な一言を吐いた。「七人も殺したんだ、きつい仕事だったに違いねえや」

「七人も殺した……」カルザースは言いかけ、そして口をつぐむと、「何だって！」と叫んだ。「あなた方、まさか、わたしが……」

「まさか、わたしが、でもないだろうよ。俺たち、わかってるんだぜ」ゲイロードは踊りかからんばかりだった。「言っとくけどな、カルザースさん、今回は俺たち全員に確かな現場不在証明《アリバイ》があるんだからな。ここを出てったふりしやがって、まさか屋根裏に潜んでたとはな。さぞかし、ご立派な理由が――」

「待ちなさい、ゲイロード君」二人のやりとりに、わたしは割って入った。「決めつけたり結論に飛びついたりする前に、カルザース弁護士の話を聴こう。もし話したければ、だが」

「話したくないわけないでしょう」カルザース弁護士は声を荒らげた。「わたしはこの殺人事件とは一切関係ない。従って、隠し事もない。わたしは昨晩からあの呪われた屋根裏の正面側の部屋で、手足を縛られてたんです。信じられないなら、ここを上って、ご自分たちで確かめてきてください。縛るのに使われた代物が見つかりますよ。数分前に、やっとのことで解《ほど》いたんだ」

「今すぐ行ってやろうじゃないか!」ゲイロードは怒鳴り声をあげた。

ゲイロードが屋根裏の階段を上っていったので、コナントとわたしはカルザース弁護士を両側から支えて廊下を歩かせ、書斎へ連れていった。彼は書斎の椅子の上にどさりと腰を下ろすと、両足首をさすり始めた。

「誰に縛られたんですか、カルザース弁護士」と、わたしは訊ねた。「どうしてこんなことに?」

理由があるのだろうか、この質問にカルザース弁護士は狼狽したようだった。

「誰に……誰に縛られたか?」彼は口ごもった。「残念……残念ながら、わからないんです、レインさん」そのあと、何かしら理由を説明をしなければならないと思ったらしく、慌ててつけ加えた。「何しろ、あのとき、あの上は真っ暗だったもので、見えなかったんです」

わたしの背後で、フーッと息を長く吐く音が聞こえた。不安で息を詰めていた誰かが、ようやく安堵したかのようだった。

ゲイロードが戻ってきた。

「ほら、これ、引きちぎられたり結び目がついたりした布の切れっ端、それと猿ぐつわだ。上にあった」彼は声高に報告すると、それらをテーブルの上に放り投げた。「でも、だからって、この男が今までこいつで縛られてた証拠にはならないからな」

「それについては、すぐに解決できる」わたしは言った。「両手を前に出してください、カルザース弁護士」

彼が言われたとおりに両手を突き出すと、わたしはその手首に自分の指を滑らせた。紐《ひも》のような物できつく縛られ、それが肉に喰い込んでいたらしい部分が、なおもはっきり確認できた。

「納得してもらえたかな?」カルザース弁護士がゲイロードに向かって言った。「それとも、容疑はまだ晴れないかい?」

「いや、もういいでしょう」ゲイロードが答えるのを待たずに、わたしは口を挟んだ。「いったい何が起こったのかを正直に話していただくのが先です」

カルザース弁護士の説明は、特に複雑ではなかった。前夜、わたしが独りでラウンジをあとにすると、彼は町までの過酷な徒歩旅行に備えて帽子と外套を取りに廊下のクロゼットへ向かった。しかし、ふと、出発前にクロスビー教授の死体の最終確認をしておこうと思い、食堂へ行くことにした。

ところが、食堂の扉を開けてみると死体がない。バークが誰かとともに移動させたに違いないと考え、運ぶとしたら、使われていない屋根裏だろうと判断した。そこで、念のため自分の目で確かめようと裏階段を上った。そういうわけで、足音はわたしたちには聞こえなかったし、二階の廊下で誰かと顔を合わせることもなかった。

屋根裏まで上がってきて、照明のスイッチを捜そうと歩を進めると、背後で微《かす》かな物音がした。

すばやく脇に身を躱《かわ》そうとしたが、一歩遅かった。何かが後頭部を直撃し、意識が戻ったときは屋根裏の正面側の小部屋に居て、きつく縛られ、猿ぐつわを嚙まされていた。

「本当に恐ろしかった」カルザース弁護士の話は後半に入った。「そのあと四回、あなた方が裏側の部屋に上がってくるのが聞こえ、会話の内容から、上がってきた理由を察することができましたから。しかし、わたしが居ることを知らせる手立てはなかった。

今日の午後になって、寝かされていた簡易ベッドの上でどうにか体を捩《よじ》って浮かせることができた。そのときのドサッという音を誰かが聞きつけて、何事かと見に来てくれるのを一心に願いました。たしかに誰かが来たようでした。一、二分して、階段を上ってくる足音が聞こえたんです。けれども、もう片方の部屋を四分の一も横切らないうちに足音は止まり、後戻りしていった。足音の主は背後から階段を上ってきた何か、いや、誰かに気を取られたようでした。次の瞬間、取っ組み合いのような荒々しい音がして、続いて、息の根が止まるまで喉が絞め上げられているらしい音がした。助けに行きたかったが、わたしは立ち上がることはおろか、手足を自由に動かすことさえできなかった。最後に、階段の上から人の体が放り落とされ、もう一人がそのあとを追って駆け下りていくのが聞こえた。ああ、何てことだ！　恐ろしい！」

口を開く前からゲイロードが疑ってかかっているのが伝わってきた。

「良くできた話じゃないか、カルザースさん」彼は言った。「けど、言うだけならどれだけだって言えるぜ。電気のスイッチは屋根裏の階段の下にあるのを、お忘れだったかい？　上に行ってから手探りする必要がないようにな。せっかくの作り話が台無しになっちまったな、え？」

カルザース弁護士は答えなかった。

「昨日《きのう》の晩、あんたがチョン切った電話線は直しておいたからな」ゲイロードは相手に何か言わせようと、わざと挑発するように続けた。「だから、あと一時間もしないうちに警察が来る。犯人はあんただって、もしレインさんが警察の連中に言わなかったら、俺が言ってやる」

カルザース弁護士は、今度は口を開いた。

「だが、それまでは」冷静な対応だった。「わたしは自由の身だ。物的証拠がない状況でわたしを監禁する権利は、君にも、ここに居る誰にもないからね。これから下へ行って食べ物と温かい飲み物を捜してくる。体は骨の髄まで冷え切ってしまったし、ほぼ丸一日、何一つ口にしていないもんでね」

カルザース弁護士は立ち上がると、よたよたと書斎を横切り始めた。

「行かせてあげればいいよ」行く手を阻もうとしたゲイロードに、わたしは言った。「逃げることはないから」そしてカルザース弁護士が扉を閉めると、こう続けた。「もし彼が犯人なら、今は絶対に逃亡しない。白状したも同然になるからね」

「あんたがそう言うなら、それで結構だけど」ゲイロードは、納得しかねるといった口調で返事した。「けど俺は、このあともあいつから目を離さないからな」

ゲイロードは鼻息荒く書斎を出ていった。

書斎に入ってきてから一言も発していなかったコナントが、ここで口を開いた。

「カルザース弁護士をどうするつもりだい、パット」彼は言った。

わたしは肩をすくめた。

「わたしに選択権はなさそうだ。ゲイロード君が言ってたことを聴いてただろう？」

コナントはしばし黙っていた。何を考えていたのだろうか。すると、今度はこう訊いてきた。

「彼が犯人だと思ってる？」

「まだわからない」わたしは正直なところを伝えた。「縛られていた手首の跡は本物と考えていいだろう。だが一方で、今の話には嘘があった。彼にとって不利になるにもかかわらず」

再び短い沈黙があったあと、コナントは叫んだ。

「パット、このまま放っておくわけにはいかないよ！」前夜の夕食の席でカルザース弁護士がハルジーの告白の手紙を読みあげたあとと同じ、張りつめた声だった。「彼の潔白を証明する方法が何かしらあるはずだ。それを見つけてよ。だって……だって、リンデン記者のときの二の舞いにするわけにはいかないだろ」

おそらくそんなことを考えているのだろうと、察しはついていた。

「ああ、いかない」わたしは重々しい口調で言い、そのあと、こう訊ねた。「でも、どうして、彼は潔白だと決めつけてるんだい、アーサー。どうして、彼の潔白を証明する方法、あるいは彼の犯行だと証明する方法、じゃないのかい？」

「どうしてかというと」コナントは間を置かずに答えた。「彼が犯人とは思えないからだよ。話に真実味をもたせるために自分で自分を縛り上げることもできたはずだとゲイロードなら言いたてるだろうけど、たとえ、それができたとしても——そもそも、そんなことができるのも、俄《にわか》には信じがたいけどね――ウィットルジーを殺したあと手首にあれだけの跡をつける時間はなかったろう。彼の話で怪しいのは、照明のスイッチのことだけだ。それだって、スイッチは階段の下にあるのに気づかなかった可能性だって充分にあるよ。なぜって彼は、この山荘には馴染みがないからね。それに、殺人の動機は何だって言うんだい？　ハルジーの遺産を受け取れるわけでもないのに」

「そうだね」わたしはこくりと首を縦に振った。「でも、彼はボブ・リンデンの親友だった。動機は復讐だ」

コナントはすぐにはそれに答えなかったが、ややあって、こう言った。

「やっぱり、ウィットルジーなんじゃないかな」そうだと言ってくれと、懇願するような口ぶりだった。「思ってることをはっきり言えない、ああいった卑屈な男は、狂乱して人を殺したりするものだろ？　で、追い込まれたと気づいて自殺したりするものだろ？」

今度は、わたしが返答に窮する番だった。

「しばらく独りにしてもらえるかい、アーサー」間を置いたのち、わたしは言った。「警察が来る前に、じっくり考える時間が少しだけ欲しい。君の信じているとおりカルザース弁護士の潔白を証明できる材料が思い浮かんだら、すぐに伝えに行くよ」

コナントが書斎から出るのを待ち、足音が階段を下りてゆくのを聞き届けると、わたしは大声で言った。

「さあ、もう隠れていないで出てきてください、ミセス・リンデン。何もかも話してくれませんか。だいたいのところはわかっていますが」

第一九章

その女性はギョッとしたように短く息を吐くと、歩み出てきた。

「どう……どうしてわかったんですか」そう訊ねた声は、低くすぎてほとんど聞き取れなかった。

「カルザース弁護士が、誰に襲われたかわからない、と言ったとき、あなたが無意識についた安堵の溜め息が聞こえたんです」と、わたしは答えた。「カルザース弁護士を殴って、気絶しているあいだに縛り上げて猿ぐつわをはめたのは、あなただったんですね」

「はい」ミセス・リンデンは素直に認めた。「そうです」

するとと彼女は、堰《せき》を切ったように話し始めた。息継ぎ一つせず、言うべきことをここで一気に言ってしまわないと、勇気がなくなって二度と言えなくなるとでもいうように。

「昨日《きのう》の夜、ラウンジを出たあと、わたしは寝室に戻りませんでした。みなさんは、戻ったとお思いだったでしょうけど。一階の廊下のあの大きなクロゼットの中に忍び込んで、長いこと耳をそばだてていたんです。クロゼットとラウンジを隔てる壁はとても薄くて、会話は一語も漏らさずに聞き取れたと言っていいわ。他のみなが二階へ上がってしまったあと、アーネスト・カルザースが歩いて町まで行って助けを呼んでくると、あなたに言ったのも聞いていました。でも、そうして……

そうしてほしくなかったんです、レイン先生」

「なぜでしょうか、ミセス・リンデン」彼女が口をつぐんだのでわたしは訊ねたが、その理由の察しはついていた。

リンデン記者の妻は二、三秒ためらっていたが、そのあと、悪びれることなく、思いの限りを打ち明け始めた。

「なぜって、助けに来てほしくなかったから。なぜって、あの人たちを誰が殺しているにせよ、邪魔されずに続けてほしかったから。とんでもないとお思いかもしれませんけど、でも、あなたもわたしのように、あなたやあなたの大切な人に対して罪を犯した人間を、いつの日か運命の神が捕まえて罰してくれますように、という願いだけを胸に生きてきて、そしてついに、それが現実になり始めるのを目の当たりにしたら、邪魔が入ってほしくはないはずよ。おそらく、わたしはいけないことをしたのでしょう。でも、忘れないで。わたしの夫が死んだのは、あの人たちのせいだという事実を。ある意味で、あの人たちも死ぬのが唯一の正しい道なのではないかしら。人間の力を超えた正義に介入してもらって、あの人たちに罪を償わせる、とでも言えばいいかしら」

ミセス・リンデンはここで言葉を切った。あたかも、わたしが非難してくるのを待つかのように。しかし、わたしは黙っていた。七人のうち少なくとも四人の死については、この女性にも道義的責任があったかもしれないが、わたしは彼女に審判を下す裁判官でもなければ陪審員でもなかったし、そんなものにはなりたくもなかった。わたしはこれまでのことを皮肉な、そして不快な思いで振り返った。もう、たくさんだ。五年も経ったというのに。

「アーネスト・カルザースが帽子と外套を取りにクロゼットに来たんです」わたしが何も言わずにいると、彼女は話を続けた。「そして、そこに居たわたしを見つけたの。けれども、声を出そうとした彼をわたしは身振りで黙らせ、そして小声で言ったんです。ある物を屋根裏で発見したから、あなたがここを出てゆく前に見てもらいたい、誰にも知られないように見に行きたいの、と。彼はわたしと一緒に裏の階段を上りました。自分を上へ連れてゆく本当の目的を訝《いぶか》しむこともないまま。

二階の廊下に差しかかろうというとき、危うくミスター・バークとダニエルズと鉢合わせしそうになりました。二人はクロスビー教授の死体を運び終えて、ちょうど屋根裏から下りてきたところだった。なぜそれを知っていたのかというと、そのほんの数分前、二人で食堂から死体を運び出すのが扉の隙間から見えたんです。カルザースはあなたとラウンジで話している最中だったから、あの二人がなぜ屋根裏に行っていたのかを知らなかった。わたしが見てほしいと言っている物と、あの二人が屋根裏に行っていたこととは何か関係があるのだろうと勘違いしているのが、彼の態度からわかったわ。

屋根裏の正面側の小部屋の扉まで来たとき、わたしは彼に先に行くよう身振りで促した。そして、彼が部屋に足を踏み入れた瞬間、わたし……階段を上りきったところでこっそり脱いでいた靴の踵《かかと》で、彼の後頭部を思いっきり叩《たた》いたの。彼は前に向かって倒れました。そして、部屋にあった簡易ベッドの上に倒れ込んで動かなくなった。まさに、その場所に簡易ベッドがあったのは、わたしへの神の思し召しに思えたわ。だって、彼の体が床に打ちつけられる音が下の階に聞こえてしまったら、誰かが見に上がってくるだろうと恐れていたんですもの。

やっとの思いで下半身のほうも簡易ベッドの上に載せてから、頭を調べて、わたしの一撃が致命傷になっていないのを確認しました。そして、まだ気絶しているあいだに彼のハンカチを使って猿ぐつわをはめ、簡易ベッドのシーツを細長く裂いて手足を縛ったの。そのあと扉を閉めて、そのままにしておいた。

話はこれで終わりです、レイン先生。神に誓って言います。彼もわたしも殺人には一切関わっていません。それだけは信じて」

信じたかった。その声からも態度からも、疑いようのない思いつめた気持ちと純粋さが伝わってきた。だが、ミセス・リンデンもカルザース弁護士も殺人に関わっていないというなら、いったい誰の仕業なのか。

表情を見て、わたしの胸の内を読み取ったに違いない。ミセス・リンデンは、生死を分けるかのような悲痛な叫び声をあげた。

「レイン先生、信じてください！　先ほど殺された一人については、カルザース以外の全員に現場不在証明《アリバイ》があるのはわかっています。けれども、おそらくあなたたちの知らない誰かが、この山荘の中に今も隠れているのかもしれないわ。アーネスト・カルザースが隠れていたとミスター・ゲイロードが思ったように。そうでないとしたら……」

「そうでないとしたら、何でしょう、ミセス・リンデン」彼女が途中で言葉を切ったので、わたしは先を促した。

「ミスター・コナントは、ミスター・ウィットルジーの寝室に誰かが居るのを見ていないんですよね」彼女は唐突に言いだした。「間にある扉を開け放して、あなたもミスター・コナントもほぼ隣と言っていい部屋に居たにもかかわらず。そして、銃声が聞こえてすぐに廊下を走ってきたミス・オハラも誰かが部屋を出てゆくのを見ていない。ミスター・ゲイロードが最初に言っていたことが正しいのではないでしょうか。ミスター・ウィットルジーは自分で自分を――」

「いや、何てことだ！」わたしは知らぬ間に大声をあげていた。目が見えないせいで、その瞬間まで完全に意識の外にあった、極めて重大な点にいきなり気づいたのだ。もし誰かがミスター・ウィットルジーの寝室に入っていったのなら、ぐったり横たわっている彼を見守っていられる位置にわざわざ腰を下ろしていたコナントが目撃していたはずではないか！　あるいは、ウィットルジーがどこかベッドの周辺の隠し場所からピストルを取り出してきて自らの頭に向けたのなら、それだって目撃していたはずではないか！

万が一、決定的瞬間にたまたま注意を逸らしていたとしても、発砲したあと部屋を出てゆく犯人の姿は見ていたはずだ。わたしたち二人して、我先にと続き部屋の洗面所を通り抜けたときもなお、銃声は響き渡っていたくらいなのだから。それでも、コナントは何も見ていなかったし、わたしにしても銃声以外の音は何も耳にしていない。考えられる理由はただ一つ。

その他の様々な事実が頭の中で渦を巻き始めた。起こった時点ではさして重要と思っていなかったことが、ここに来て、ある恐ろしいパターンに収まり始めていた。ハーモン女史は殺される直前、何かしらの情報をわたしの耳に入れようとしたが、あれは、カルザース弁護士の帽子と外套が一階の廊下のクロゼットにあったことを伝えようとしていたのだ。そして、ノックに応えて扉を開けたとき、ハーモン女史は自分の目の前の人物を犯人とは思っていなかった。つまり、殺人鬼は、彼女が疑っていた人物ではなかったということだ！

結局のところ、犯人を特定する証拠は、最初の殺人を巡る時間表の中にあった。わたしはその証拠を無理やり、わたしたちの時間の判断の誤りとして片付けようとした。だが、誤りなどなかったのだ。わたしは、ある事実を受け入れなければならなかった。少し前からわかっていたにもかかわらず、無意識に認めようとしてこなかったある事実を。本当は少し前からわかっていたことを、わたしはここで初めて自覚した。

ふと我に返ると、ミセス・リンデンがわたしに話しかけていた。

「レイン先生、どうなんでしょう」彼女は興奮気味に問いかけた。「わたしの考えが正しいんですよね。ミスター・ウィットルジーが――」

「ミセス・リンデン」わたしは彼女の言葉を遮った。「ミス・オハラを捜して、今すぐここへ来るように言っていただけませんか。彼女と話さなければならないことがあるんです」

一分も経たぬうちにデリーはやってきた。

「どうしたの、パディ」彼女は言った。好奇と不安の入り混じった声だった。

「デリー、わたしの目になってくれる人が必要なんだ。でも、決して楽しい仕事じゃない。だから、君に頼んでいいものかどうか、わからない」

彼女は聞かずして、そこから先を読んだ。

「ミスター・ウィットルジーの亡くなった部屋へもう一度行きたい、そうでしょ」彼女は言った。

「大丈夫。わたしが一緒に行くわ」

デリーが自分の腕をわたしの腕の中に滑り込ませ、わたしたち二人は書斎を出た。しかし、かつてウィットルジーが使っていた寝室の扉を前にすると、彼女は戸惑いを示した。わたしの腕の上に置いた手が、ほんの僅《わず》か震えていた。

「ねえ、パディ、ここに入る前に教えて。やったのは……スティーブなの？」

不快極まりない冷気がわたしの鳩尾《みぞおち》を摑《つか》み、そのあとそれは、冷たい波となって這い上り、心臓を包み込んだ。

「もしそうなら、君にとって大問題かい？」わたしは言った。そうしたことを訊く自分に嫌気が差したが、それでも訊かずにはいられなかった。

彼女はしばらく沈黙したのち、静かな声で答えた。

「ええ、大問題でしょうね。でも、あなたの訊いてるような意味じゃない。わたし、スティーブのことは好きだけど、彼に恋してるわけじゃない」

心臓を包んでいた刺すような冷気が、突然生じた歓喜の輝きによって消え始めた。そのあと、こうした局面で喜びを感じている自分を恥じた。ましてや、われわれを待ち受けている運命を考えると。

「行こう、デリー」わたしは言った。彼女の質問に答えていなかったことに気づかぬまま。「こんなことは一刻も早く終わらせてしまおう」

そうして、わたしたちは寝室へ入った。

死の静寂によって、空気は重苦しかった。デリーがハッと息を呑むのが聞こえた。ベッドの上で微動だにしない男のほうに、知らず知らずに視線が向いてしまったに違いない。だが、後ずさりすることはなかった。

「何を見ればいいの、パディ」彼女は訊いてきた。決して大きな声ではなかったが、しっかりした口調を保っていた。

「ベッドの頭側の床の上にピストルが落ちてるね」わたしは言った。「近くに寄って、観察してほしい。だが、絶対に触らないように。そして、どんなふうに落ちているか詳しく教えてくれないか」

デリーの手がわたしの腕を離れた。そして、一時間ほど前にゲイロードがやったのと同じように、部屋を横切りベッド脇に跪《ひざまず》くのが聞こえた。

「ずいぶん大きなピストルね」すぐさまデリーは報告した。「持ち手の底は部屋の中央を、銃口はベッドの下のほうを向いてる」

「傷がついてないかい？　特に銃口の周囲に」

数秒の間があった。確かめていたのだろう。

「銃口の先の部分を囲んで小さな引っ掻き傷がいくつか」と、彼女は答えた。「ツヤツヤしてるから、ついたばかりの傷みたい」

やはり、そうか。

「ピストルの周りに、煙草の灰がこぼれているね？」わたしは次の質問をした。

「ええ」答えは瞬時に返ってきた。「持ち手の底が灰のほぼ真ん中にある」

「ピストルの上にも灰は載ってるかい？」

「いいえ、灰は周りと下にあるだけ。灰の上にピストルが載ってるわ」

灰の上に載ってる！　つまり、コナントがうっかり灰皿スタンドをひっくり返したにもかかわらず、灰はピストルの上にこぼれていない。灰はピストルより先に、そこにあったのだ。ミスター・ウィットルジーは煙草を吸わないというのに！

「デリー、気をつけて見てほしい」わたしは言った。「灰の中に、煙草の吸い殻はあるかい？」

　五秒ほどの時間がゆっくりと流れ、答えが返ってきた。

「いいえ、灰だけよ」

　恐れていたとおりだった。だが、証拠として確認しなければならない点があと一つ残っていた。

「デリー、鉛筆を持ってるかい」わたしは訊ねた。

「ええ、持ってる」彼女は言ったが、その声はそれまでになく困惑していた。

「鉛筆を銃口に突っ込んで、手が触れないようにしてピストルを持ち上げてくれ」わたしは指示した。冷静とは程遠い声だった。「そして、ここへ持ってきてほしい」

　デリーは言われたとおりにした。わたしは安全装置を掛け、持ち手の底から弾倉《マガジン》を開けると、挿弾子《クリップ》に残っていた弾薬に指を走らせた。ウィットルジーに放たれたのが一発、そのあと自動的に薬室《チャンバー》に装塡されたものを含め五発分の弾薬が残っているはずだったが、四発分しかないではないか！

と、腕にデリーの手を感じた。

「パディ、どうしたの?」問い詰めるような口調だった。彼女は怯《おび》えていた。何が怖いのか自分でもわからず、それ故になおさら竦《すく》んでしまっている子どものように。「何だか、まるで……」

「まるで、幽霊でも見たみたいかい?」デリーが口ごもったので、わたしは彼女に代わって言った。

「そうだよ、デリー。五年も前に死んだ男の幽霊を見たんだ」

第二〇章

　わたしはデリーに頼んで、コナントを呼んできてもらった。そうすると約束したからだ。彼がやってくると、わたしは、それまでトドハンター医師が使っていた寝室へ向かった。

「どうした、パット」扉を閉めるや、コナントは訊いてきた。「カルザース弁護士の潔白を証明する方法が見つかった？」

　コナントが自分の座る椅子を見つけるまで、わたしは待っていたが、わたし自身は立っていた。それから、こう答えた。

「ああ、アーサー、ある意味で、見つかったと思う。少なくとも、わたしは腑に落ちた。開け放された扉から君が見ていたというのに、カルザース弁護士があの部屋に入ってきてミスター・ウィットルジーを撃てるはずはなかった。誰であろうと撃てるはずはなかった」

　それを聞いて、コナントは安堵の声をあげた。

「そうか！　それは考えてなかったよ！」彼は息を弾ませて言った。「だったら、やっぱりウィットルジーだったんだね。それで、彼は自殺したんだね！」

　カルザース弁護士の無実を心から喜ぶコナントの声の調子を聞き、もうそれでいいではないか、言うつもりだったことは腹にしまっておけばいいではないか、とわたしの心は揺らぎかけた。考えてみれば、死人に罪をなすりつけたところで何の支障があろう。だとしても、心は揺らいだにせよ、それはできなかった。そうする勇気は自分にないこともわかっていた。社会に対する責任を考えてのことだけではない。少なくとも、あと二つの命が危険に曝《さら》されていた。前に進まなければ。

「いや」わたしはゆっくりと口を開いた。「ミスター・ウィットルジーじゃない。ここまでの殺人の裏にある動機は、ハルジーの遺産でもなければ復讐でもなかった」

コナントが一瞬、体を激しく動かしたのが聞こえた。

「どうして、そんなことがわかるの」鋭い口調で彼は問いかけてきた。

「どうしてかと言うと、ウィットルジーの殺害方法と、そうした方法を採った理由を見抜いたからだ」

「見抜い……た？」鑢《やすり》をかけるようなギシギシした耳障りな声だった。

恐れていたときが、ついに来てしまった。

「よく聴いてほしい、アーサー」わたしは言った。「一つの筋書きを話させてくれないか。五年前、ある男が殺人の有罪判決を受け、死刑が言い渡された。しかし、刑が執行されると、その男の死は有罪の評決を下した陪審員の一人の心に喰らいつき、離れなくなった。この陪審員は、自分は人を殺《あや》めるのに荷担したも同然だと感じるようになっていた。そして年に一度、陪審員たちの集会が開かれるたび、刑死した男の妻が姿を現して無言の非難を示すと、彼は、すべては自分のせいだと自責の念を募らせ始めた。

しかし、彼には安全弁が一つあった。彼の性分を考えると、もしそれがなかったとしたら、こうした現実によって生じる精神的苦痛にはとても耐えられなかったろう。その安全弁とは、罪に問われた男は実際に罪を犯しており、法の下で然るべき処罰を受けたにすぎないという世間が認めている事実だった。この事実を思い起こし、そして心に留めることで、一連の出来事への自分の責任が軽減されるように彼は感じたのだった。法律は自分がつくったわけではないのだから、と。

そして、ある日、自分が一端を担って有罪にした男が無実だったと知る。それを聞かされた瞬間、彼の安全弁は目の前で永遠に閉じてしまった。彼に法律に対する責任はなかったとしても、あの評決に関わった責任はある。もともと彼は被告人の無罪を信じていたのだが、他の陪審員たちの意見に流され、これで陪審員室に閉じ込められている気疲れから全員が解放されるという思いのみで『有罪』に票を投じたのだから。もっとも安易な道を選び、結果的に、その代償として、人一人の命が奪われることになった」

わたしはここで話を切り、コナントが何か言うのを待った。彼は口を閉ざしたままだったが、マッチを二本擦る音が聞こえ、そのあと煙草のにおいが漂ってきたので、どうにか煙草に火が点けることができたのがわかった。

「人間というものは」わたしは話を続けた。「許容範囲を超える強烈な精神的衝撃を受けたとき、あるいは、抑制された感情を心の内に溜め続け、ついに極限まで達したとき、無意識に逃避の方法を模索する。万が一、方法が見つからなければ正気を失ってしまう。それが、自然の摂理が与え給うた逃避手段なのだ。

彼も一端を担って有罪が確定した男の真実を知らされた直後の数分間、この陪審員が陥ったのは、ほぼこうした状態だった。彼の心はふらふらと狂気の一歩手前まで向かっていってしまったのだ。そのあと彼は頭の中で手探りし、そして救いを見つけた。人間の本質を考えれば決して珍しくない救い、つまり、責任の所在を自分自身から外部要因へと転じたのだ。彼は突如、自らを被害者とみなした。ともに陪審員席に座っていた一一人から被害を受けた、と。彼らに票の内容を無理やり変えさせられた、彼らの下した判断こそが罪であり、そのせいで被告人の命ばかりか、自分の心の平静まで奪われた、と。

だが、救いに到達するのは一瞬遅かった。彼の心の一部はすでに、正気と狂気を隔てる細い境界線をするりと越えてしまっていたのだ。彼らの行為の代償を、それと同じ行為によって彼らに払わせたいという衝動に、この陪審員は取り憑かれた。

正常な精神状態だったならば、彼らの命を奪ったところで一人の男を死に追いやった罪悪感からは逃れられまいと気づけたはずだ。しかし、先ほど話したように、この我らが陪審員はもはや正常ではなかった。ここまでの五年に及ぶ心理的重圧に加え、絶えず恐怖心を抱きながらも自分の中で否定しようとしてきたことが事実だったという現実をいきなり突きつけられ、その衝撃で、彼は限界を越えてしまった。明快な思考は不可能になり、感情にのみ支配されるようになっていた。

だが、彼の精神面や感情面の変化の過程を詳細に辿《たど》るのは、ここではやめておこう。そんなことは不可能だろうから。彼は自らを運命の神に任命されたネメシス（ギリシア神話の女神。人間の思いあがった言動に対する神の怒りと罰の擬人化）のようなものとみなしたのかもしれないし、自らの完全な心の平静は彼らに罪を償わせることによってのみ見出せると感じたのかもしれない。理由はどうあれ、彼は、自分以外の陪審員全員をあの世へ送ることを考え始めた。

理解の及ばない運命の悪ふざけによって、まさにその夜、集まった陪審員たちは殺人の方法について語り合っていた。もしも誰かを殺すとなったらどんな手段を選ぶか、一人ひとりが自分の考えを話していたのだ。そこで、この我らが陪審員は、もっとも手っ取り早いと思ったのか、あるいは正義を詩的に表現しようとでも思ったのか、他の陪審員たちを一人ずつ、本人の選択した方法で襲い始めた」

わたしはここで再び話を切ったが、コナントは無言のままだった。実のところ、物音一つたてなかったので、わたしは部屋に独りきりなのではないかとすら思った。

「続けていいかな」コナントがそこに居るのを再確認するためだけに、わたしは訊ねた。

「続けて」コナントは言った。命なき者のような声で。

「ついに、残る陪審員は三人のみとなった」わたしは話を再開した。「彼自身と、あと二人。この時点で彼は、あとの二人を殺害してしまうと自分だけが残り、当然ながらこの連続殺人の容疑は自分にかかると気づき始めたに違いない。そこで、二人のうちの一人を殺すにあたっては、完璧な現場不在証明《アリバイ》が自分にあるよう工夫を凝らした。どれか一つの殺人で潔白を証明できれば、他の殺人についても潔白とみなされるはずだとわかっていたからだ。

その前の晩、彼はピストルを盗み、隠し持っていた。というのは、挙げられた殺害方法の一つに射殺があったからだ。さて、その方法を選んだ男は、やがて襲ってくることがわかっていた死の運命から逃れようと試みたが失敗に終わり、憔悴《しょうすい》しきって横たわっていた。ここで、この我らが陪審員はピストルを取り出した。おそらく、盗んだときから肌身離さず持っていたのだろう。彼は弾倉《マガジン》を開け、挿弾子《クリップ》から弾薬を一つ外すと、雷管を抜いて、弱っている男のベッドの頭の近くから運んできた灰皿スタンドの受け皿の上に、火薬を小さな山型に出した。そのあと、紙巻き煙草に火を点け、不審に思われないよう一、二度それを吹かしてから、その煙草もまた、火の点いていない側（当時はフィルターのない両切り煙草が主流だった）を火薬の小山に押し当てるようにして灰皿スタンドの上に置いた。こうして準備は整い、ここまでの事件を解明すべく気の毒なほど頭を悩ませていた犯罪心理学者の友人とともに隣の部屋へ移動した。

友人は盲目だったので煙草を時限信管代わりにした火薬の仕掛けになど気づいていないことも、また、自分がピストルをずっと握ったままなのを知らないことも、彼にはわかっていた。一方で彼の居た場所からは、向こう側の部屋のベッドに横たわる次の餌食が、洗面所の両側の開け放された扉を通して見えていたし、灰皿スタンドの上で煙草が火薬の小山に向かってゆっくりと燃えてゆく様子も見守ることができていた。

彼はピストルを盗んだとき、それに込める弾薬を見つけたのと同じ娯楽室の引き出しの中から消音装置も見つけていて、念のため、前もってピストルに装着していた。消音装置を使えば発砲時にガスが少量ずつ放出されるので破裂音はほぼ完全に消せるが、とは言え、静寂なはずの部屋の中では、ある程度の音は聞こえてしまう。そうした音の対処法として考え出したのが火薬と火の点いた煙草を使った仕掛けだったのだが、ピストルの安全装置を外すカチリという音についても対策が必要だった。こうして、彼はまたも名案を思いつき、この問題を解決した。

彼は友人と会話しながら、ゴムバンドを弾《はじ》いて音を鳴らし続けた。あたかも、脈絡のない無意味な動きをすることによって精神的緊張を解こうとしているかのように。しかし、片方の手ではゴムバンドを弄《もてあそ》びながらも、もう片方の手では弾丸の込められたピストルを握り、反対側の部屋のベッドに横たわる男に照準を定めていた。同時に、ゆっくりと燃えてゆく紙巻き煙草からも目を離していなかった。

程なく、バチッと鋭い音がした。ゴムバンドが切れた、と彼は言った。盲目の男はその説明を真に受け、二人は会話を続けた。ピストルの安全装置を外す微《かす》かな音を消すためにわざとゴムバンドを切ったのだと、盲目の男には知る由もなかった。

突然、ぐったり横たわっていた男の寝室から小さな爆発音が聞こえた。我らが陪審員と盲目の男は、直ちにその部屋へと走った。我らが陪審員は、ベッドの上の男が撃たれている、と叫んだ。

果たして、男は撃たれていた。だが、誰にも気づかれずに廊下から男の寝室に侵入してきた殺人鬼に殺されたのではなかった。そのように見せかけてはいたが。我らが陪審員が火薬に煙草の火が引火するのを待ち、爆発すると同時に、開け放された扉の向こうから発砲したのだ。火薬の爆発音によって、消音装置を装着したピストルの微かな発砲音はみごとに消されていた」

第二一章

わたしは独演を終えると、立ち尽くし、待った。コナントがどんな反応をするか見当もつかぬまま。二人の間を長い沈黙が深い河のように流れた。やがて、彼は口を開いた。

「どうして、わかった?」

「これしかありえなかった」わたしは答えた。「ミスター・ウィットルジーの部屋に誰かが入ってきたとすれば、君が見逃すはずはなかった。同じことは、ウィットルジーの自殺説についても言えた。ウィットルジーがピストルを取ろうとベッドから起き上がったのなら、君が目にしなかったはずはない。さらには消音装置によってできたピストルの銃口の周囲の引っ掻き傷。それから、紙巻き煙草の灰という証拠もあった。君は灰皿スタンドをひっくり返したあとにピストルをそこに置いた。灰はピストルの上にはなく、下にだけあったからね。そして、ゲイロード君が部屋に入ってきたとき、すでにピストルはその場所にあったという事実――ゲイロード君がまだ扉のところに立っていたとき、君自身がわたしにそう教えてくれたよね。つまり、ピストルをそこに置くことができたのは君だけ、君しかありえなかった」

「なるほどね」虚《うつ》ろな口調でコナントは言った。そして椅子から立ち上がると、苛立ったような速足で部屋の中を行ったり来たりし始めた。程なく、吐き出すように彼は言った。

「今の筋書きは全部、仮定にのみ基づいた推論だと、君だってわかってるよね。こういうことがみんな僕の仕業だとか、ウィットルジーが死ぬ前は床の上には煙草の灰はなかったとか、君に証明はできないよね」

「できないかもしれない」わたしは正直に答えた。「でも、他にもあるんだ」

「他にも？」信じるつもりはない、とでも言うように、コナントは聞き返した。

「他にも、たくさん」わたしは言った。「まず、クロスビー教授が殺害されたときの時間表だ。ゲイロード君がラウンジを出た時刻について、ギングリッチ看護婦が主張した時刻は実際よりも二分ほど遅かったと考え、それより二分早い時刻をデリーが告げていたと仮定して、その時刻に合わせて前半の内容も二分ずつずらしてみた。そうすると、君が娯楽室を出ていった時刻も二分早まるだけでなく、クロスビー教授がブリッジのテーブルを離れたまさにその時刻に、君は一階の廊下に居たことになる。君は娯楽室のミスター・バークとゲイロード君とわたしのもとを離れ、一階まで上がってくると、クロスビー教授にラウンジから出てくるよう合図を送った」

「さっきの話と同様、それだって証明できないよね」と、コナントは言った。「僕は裏階段を使って自分の寝室に行った。これが僕の言い分だ」

「もしそうだとしたら、ほぼまちがいなく」わたしは言った。「ちょうどそのとき洗面所に行ったミスター・ウィットルジーが、君の姿を見たり、君のたてた音を聞いたりしていたはずだ。その時点でウィットルジーは、自分の寝室とわたしたちの寝室の間に小さな洗面所があるのを知らなかった。彼は裏階段の隣にある大きいほうの洗面所を使っていたんだよ。昨晩、わたしがみなに、二階へ上がったあと寝室を離れた人はいるか、と問いかけたとき、彼はそうわたしに耳打ちした」

「ほぼまちがいなく、か」コナントは嘲《あざけ》るように言った。「でも、絶対じゃないよね。それじゃダメだろ、パット。なら、ギングリッチ看護婦については僕が殺《や》ったと説明できるの？　あのとき僕は二階で着替えたあと、強盗が隠れていないかどうか女性たちの部屋を見て回ってた。ギングリッチ看護婦が殺されたのは、そのあいだだったよね」

「君は女性たちの部屋を見て回ったりしていない。そんな必要はなかった。なぜって、どの部屋にも殺人鬼など隠れていないのは初めからわかっていたんだから。君は二階へ上がると急いで寝巻きから服に着替えた――いや、このときは薄っぺらなスリッパから靴に履き替えただけで、着替え終えたのは寝室に戻ったあとだったかもしれないね。そうして、裏階段を下りて通用口から外に出ると、ギングリッチ看護婦のあとを追って車庫へ向かった。通用口の錠が掛かっていなかったのを、あとからカルザース弁護士が見つけたよね」

「錠を外したのは実はカルザース弁護士で、彼がそこから外に出ていった可能性だってあるだろ。何ならウィットルジーの可能性だってある」

「そうだね」わたしは否定しなかった。「でも、それだけじゃない。君は、ミスター・バークとダニエルズがクロスビー教授の死体を屋根裏に運ぼうとして一階でガタゴトやっていた音が聞こえた、とミスター・バークに言っていた。だが、カルザース弁護士とわたしには、その音は聞こえていない。あのとき、わたしたちはラウンジに居たにもかかわらず。つまり、君が音を聞いたとすれば、君は一階の、それより近い場所に居たことになる。

一〇分から一五分ほどして二階に戻ってきた君は、照明の点いていたミスター・バークの書斎の前を気づかれずに通り過ぎることができるかどうか不安だった。そこで、わざと扉を叩《たた》き、わたしのことを捜していた、と言った。もちろん、嘘だ。君は階下の娯楽室からピストルを盗み、わたしがミセス・ヘネシーのハンドバッグに戻すところを見ていたカプセルに苛性ソーダを詰めていた」

「バークさんとトドハンター先生については?」わたしがいったん口をつぐむと、コナントは皮肉っぽい口調で訊いてきた。「僕があの二人をどんなふうに殺したのかも説明できるんだろ?」

「ああ、できる」わたしは答えた。「殺人鬼がトドハンター先生に気づかれずに往診カバンから注射器を取り出すには、先生を薬で眠らせる必要があった。先生の体内に何かを入れるとすれば朝食に混ぜるしか方法はない。先生が食べたり飲んだりする機会は他になかったからね。そして、台所から運ばれてきた朝食のトレーに細工できたのは、君だけだった」

わたしが「殺人鬼」という言葉を使ったのでコナントはたじろいだようだったが、それでも譲らなかった。

「またも憶測だね」彼はせせら笑った。

「トレーに残った食べ物を分析にかければ、憶測でなくなる」わたしは言葉を濁さなかった。

コナントは数秒のあいだ何も言わずに速足で歩き続けていたが、程なく口を開いた。

「じゃあ、バークさんは?」

「ミスター・バークはカルザース弁護士が屋根裏の簡易ベッドの上で体を捩《よじ》らせた音を聞くと、何事かと確かめに行った。そのときちょうどトドハンター先生の部屋から出てきた君は、ミスター・バークの姿を見て、あとを追った」

「それならきっと、ハーモン女史を刺したのも僕なんだね？　ハーモン女史が君と一緒にあの部屋に居たとき」

「そうだ」わたしはためらうことなく答えた。「おそらく君はここからヒントを得て、ミスター・ウィットルジーを殺すときはわたしを利用して自らの偽りの現場不在証明《アリバイ》を成立させようと思ったのだろう」

　部屋の中を行ったり来たりしていたコナントは歩みを止め、横にあったテーブルの上を苛立ったように指でトントン叩き始めた。

「僕に不利な証拠ばかり挙げてるけど、それでも僕は、どれにしたって状況証拠ばかりじゃないか、と自信をもって言うよ」ここへきて、彼の口調は途切れ途切れになった。「それだけじゃ、できないだろ、有罪に――それだけじゃ」

「なぜ？」わたしは言った。

　それを聞くと、コナントは声をたてて笑った。

「なぜって、リンデン事件裁判があったからさ。あの裁判が脳裏をよぎって、陪審員たちは有罪の評決を出すことに尻込みするだろう」

　話をどの方向に進めればいいのかはわかっていた。本意ではなかったが、わたしはその道を進んだ。

「君の言うとおりかもしれないね、アーサー」わたしは溜め息とともに言った。「きっと陪審員たちは、あの裁判を思い出すだろう。無実だった一人の男が死んでくれたおかげで、君の身は守られる」

　コナントが探るような目でこちらを見るのを感じた。

「どうするつもり？」彼は言った。

「何も」わたしは答えた。「わたしにできることはない」

「と、言うのは……？」

「裁判にかけられるのはカルザース弁護士だろう」とわたしは答え、カルザース弁護士に不利な証拠のほうがよほど状況証拠ばかりだとコナントが気づかないことを願った。「共犯者としてミセス・リンデンの名も挙がるだろう。州当局は、二人一緒に有罪にするみごとな論拠をつくりあげるに違いない。一般市民の陪審員にとっては、君の動機より二人の動機のほうが納得しやすいはずだ」

「でも、二人は何も罪を犯してないよ！」コナントは声を荒らげた。「それを証明する手立てが何かしらあるだろ……」

　これに応じる言葉を口にするのは辛かったが、選択肢は他になかった。

「ロバート・リンデンも罪を犯していなかった」言い含めるように、わたしはコナントに返した。

「だが、彼はそれを証明できなかった」

　この一言に、息を呑む音が、コナントの喉元から聞こえた。

「パット、君が何とかしなくちゃ」ギシギシした耳障りな声だった。「二人もの無実の人間を殺人罪で裁判にかけるなんて、だめだろ……死刑にさえなるかもしれないんだぞ……ぼうっと傍観してるだけなんて。絶対にだめだ！　あまりに惨《むご》いよ！」

狙いどおりだった。苦悩のあまり歪《ゆが》んでしまった彼の感情が、知らず知らずのうちに彼とわたしとの立場を逆転させ、それによって彼は、この実に忌まわしい状況に目を向けつつあった。気づくのは時間の問題だ。そこに、五年前の出来事の、あの恐怖も重なって……。

「さっき君が指摘したように」わたしは言った。「わたしはこの事件を仮説にのみ基づいた推論と、ほんの一握りの状況証拠だけを頼りに解決しようとしている。こうしてここに二人だけで居る今、君は暗に自分の罪を認めたと言っていい。けれども、君が犯行を否認する選択をしたなら、果たして、わたしを信じる陪審員などいるだろうか。わたしの証言を正式に認める裁判所などあるだろうか」

コナントがこの意味をしっかり理解してくれるのを待ち、わたしは続けた。

「アーネスト・カルザースとエルサ・リンデンを電気椅子送りから救うことのできる人間は、アーサー、ただ一人、それは……君だ」

「嫌だ！」コナントは叫んだ。「僕は嫌だ！　そんなのごめんだ！　じわじわと時間をかけて苦しみを味わうなんて――」そのあと、首を絞められているかのような喘《あえ》ぎとともに、ほぼ一息で彼は言った。「いや、神が僕を助けてくれる！　必ず！」

彼は再び椅子にドサッと腰を下ろした。肺が引き裂かれるのではないかと思うほど苦しそうな息遣いが聞こえてきた。わたしは勝利を確信した。

「パット、君にはわからないだろう。カルザース弁護士がハルジーの告白を読みあげたあとの数分間、僕の中で何が起こったか」しばしの間があり、それからコナントは口を開いた。枯れ草が擦《こす》れるような声だった。「信念を貫くことができなかったばかりに、罪のない男を地獄の苦しみの中に突き落とし、最後は屈辱的な死に至らしめたと僕は知らされたんだよ！　僕にはとても受け止めきれなかった。心の内側で何かがパンと弾けた。頭の中がグチャグチャになって、あの連中に償いをさせることしか考えられなくなった。僕のことを意思の弱い人間にした償いを。

そうは言っても、実際にこの手で人を殺《あや》めることまではしなかったろう。そのあと娯楽室でゲイロードがあんな話を……クロスビー教授がまたも人を殺す話題を持ち出してきた、なんて話をしなければ。これを聞いて僕は、クロスビーが口にした、また別のことを思い出していた……あの男は、リンデン記者の死の責任の一切を鼻であしらったよね。こうして、あの男のこの冷酷非道が僕にさらなる火を点けた。僕は心に決めた。あの男に死んでもらう。あの男が自ら選んだ方法で。

僕は一階まで駆け上がって、洗面所から石鹸を一つ持ってきて、夕食用のナプキンに包んで固く縛った。そして、ラウンジの扉のところに行って、あの男に出てくるよう身振りで示した。君の言ったとおりだよ。あの男は、訝《いぶか》しむ様子もなく出てきた。そして僕は、窓の外に見てほしいものがあると言いながら、あの男を食堂へ連れていった。そのあとはもう、自分を……自分を止められなかった」

息を整えるかのように、コナントは少しのあいだ沈黙した。わたしは口を挟まなかった。やがてまた話しだすとわかっていたからだ。話すことに、彼は救いを見出していた。

「自分の行ないが人殺しだとは思わなかった」ややあって、話の続きが始まった。「何かを思ったとすれば、自分は運命の神の道具にすぎないということだったろう。必要なことをやったまでだ、と。僕を苦しめた罪をあの七人に死をもって償ってもらえれば、自分だけは慰めを見出せるとも思ったかもしれない。はっきりは思い出せないけれど。でも、きっとそんなふうだったんだろう。ロバート・リンデンのために僕がしてあげられる唯一の報復、それと同時に、僕自身が記憶から解放されるための唯一の方法だった……。でも、すべて終わったね」疲れきったようにコナントは言葉を結んだ。「次にやるべきことの準備はできてるよ」

わたしは彼に向かって手探りし、その肩に触れた。

「苦しかったね、アーサー」わたしは言った。心の底からの思いを！

車が一台向かってくる音が、山荘の外から聞こえた。やがて、階下で正面玄関の扉が開き、複数の男性の声がした。スティーブン・ゲイロードの声、それから、やってきたばかりの男たちの声。その中にはケネス・マクダーモット警部補の野太い声もあった。電話をかけて呼び出してもらうようデリーにわたしが言った、市警察の殺人課の友人だ。

「警察が来たね」わたしはできる限り穏やかに言った。

コナントは答えなかった。

足音が階段を上ってきて、わたしたちの居る部屋の扉へ向かってくるあいだ、わたしは身動きせずに待っていた。

「レインさん、居る?」廊下からゲイロードの声がした。「マクダーモット警部補が話したいって」

「わかった、ゲイロード君」わたしは答えた。「ここに来るよう警部補に言ってくれないか」

トドハンター医師を殺害するのに使った注射器がしまってあったテーブルの引き出しをコナントが開け、中から何かを取り出すのが聞こえた。だが、何を取り出したのか、わたしは訊ねる機会を逸した。部屋の扉が開き、マクダーモット警部補が入ってきたので、そちらに意識を奪われていたのだ。

「やあ、レインさんかい」彼はいつものように元気を漲《みなぎ》らせ突進してきた。「いったい何が起こったって?　解決できん事件だ、なんぞ言わんでくれよ!」

わたしが答えるより先に、コナントが口を開いた。

「いえ、マクダーモット警部補、レイン先生は事件を解決しました。七人の陪審員を殺害したのは僕だと見抜き、ちょうど僕が白状したところです。トドハンター医師の殺害に使った注射器に僕の指紋が付いています。このテーブルの上です」

「まだ納得できないことがあるのよ、パディ」デリーが言った。一日が経ち、地区検察局からデリーの運転で戻ってくる途中の車内だった。ペンシルバニア州検察に出頭を命じられ、スティーブン・ゲイロード、アーネスト・カルザース、ミセス・リンデンとともにアーサー・コナントの起訴に関する事前証言をしてきたのだった。

「なら、忘れてしまうんだね」と、わたしは助言した。「面倒な事はできるだけ考えないようにするのが、自分のためだ」

だが、従うつもりのない助言は平気で無視するのがデリーだ。

「ずっと考えてるんだけど」わたしが何も言っていないかのように彼女は話を続けた。「人は個人個人の気質によって、一貫した心理学的行動パターンを辿《たど》るものだって、あなた、いつも言ってるでしょ。例えば、日頃から細かいところまで慎重な人だったら、たとえ非日常的な環境のもとで精神的に追い詰められていたとしても無意識に慎重にふるまうものだって」

「ああ」わたしは頷《うなず》いた。「そのとおりだ」

「だったら」デリーは続けた。「コナントさんはどの犯行でもあんなに慎重に痕跡を隠したのに、例の注射器にはうっかり指紋を残してたなんて、どういうわけ？　あの人らしくないわ」

誰かがそれに気づくのを、わたしはずっと恐れていた。

「ときに」わたしはできる限り大学教授然とした態度で語った。「非日常状態下の極度の緊張によって通常の行動パターンが乱され、完全に崩れるまでになってしまうと、その個人は普段の環境下ではあり得ない行動に出る場合がある。今回はそうした現象が起こったと考えざるをえない」

こう説明しながらも、彼女は納得しやしないだろうと思っていたが、案の定、納得しなかった。

「とってもご立派な解説に聞こえるけど」諦めるつもりはなさそうだった。「でも、だったら、どうして、あの人の行動パターンは崩れたままじゃなかったの？　どうしてウィットルジーさんのときはあんなに賢くて、手が込んでいて、細かな計画が立てられたの？　何より、もし、例の一回だけをうっかり失敗したと気づいた――ええ、気づいていたはず。だって、自分からマクダーモット警部補に指紋のことを伝えたんだから——のなら、どうして、あなたと二人きりであの部屋に居るあいだに注射器を拭《ぬぐ》ってきれいにしておかなかったの？　簡単にできたはずじゃないの」

この問題をはぐらかそうとしても無駄だったろう。彼女には真実を伝えるよりほかなさそうだった。

「降参だ」わたしは、それ以上抵抗しなかった。「君もいつか必ず、知るときがくるだろうから。もともと注射器には彼の指紋は付いていなかった。マクダーモット警部補が部屋に入ってくる直前に、指紋が付いたんだ。本人もそれをわかっていた。憶えてるかい、デリー。彼の選んだ殺人の方法は、注射器を使って静脈に気泡を注入することだったのを」

「あっ！」押し殺したような小さな声が、デリーの口から洩れた。その肩が一瞬、わたしの肩に触れ、彼女の体が揺れたのがわかった。「ということは、あ、あの人は自分で注射の針を……」

「そうだ」とわたしは答え、彼女の手の上に自分の手を重ねた。ハンドルがぐらつかないように。「でも心配しないで。何も起こりはしないよ。気泡が脳に到達すると死ぬというのは誤った説の流布にすぎないと、トドハンター先生が言っていたよね」

そして、長年の友であるコナント先生を思い、わたしは続けた。

「でも、トドハンター先生がまちがっていてくれたらと、今も願わずにいられないんだ」

訳者あとがき

本書は一九四五年にフェニックス・プレス社より発表された*If I Should Murder*の全訳である。底本には、パーシー・パブリケーションズ社版のペーパーバック（一九四七年刊行?）を使用した。

作者はパトリック・レイン。この名を知る読者はほとんどいないだろう。一九四五年から五一年にかけて発表された全六作の〈パトリック・レイン〉シリーズは作者と語り手が同名というかたちをとり、邦訳はこれが初めてとなる。作者の本名はアメリア・レイノルズ・ロング（一九〇四年～七八年。米国ペンシルバニア州生まれ）である。論創海外ミステリの読者であれば、もしかしたら、この名前に憶えがあるかもしれない。

アメリア・レイノルズ・ロングの作品の邦訳については、これまでに論創社より、探偵ダヴェンポートが主人公の『死者はふたたび』（論創海外ミステリ一九四）、犯罪心理学者トリローニーとミステリ作家パイパーが事件を解決するシリーズ『誰もがポオを読んでいた』（論創海外ミステリ一八六）と『〈羽根ペン〉倶楽部の奇妙な事件』（論創海外ミステリ二六三）と『ウィンストン・フラッグの幽霊』（論創海外ミステリ二八五）の計四冊が彼女の名で刊行されている。幻ミステリ研究家の絵夢恵氏によって「貸本系B級ミステリの女王」と名付けられたロングは、パトリック・レイン以外にも複数のペンネームを用い、非常に多くの作品を残している。『誰もがポオを読んでいた』では絵夢恵氏がロングとその作品について、また当時の出版事情について解説しておられるので、ぜひ、お読みいただきたい。複数のペンネームが用いられた理由などに興味をもっていただければ幸いである。事件解決に向けてユーモアも交えながら軽快に展開してゆくトリローニーとパイパーのシリーズと本作とは明らかに趣が異なっている。

Parsee Publicationsのペーパーバック版*If I Should Murder*(1947)。右は表紙、左は裏表紙のイラスト。

本作の原書は、まさにページを繰る手が止まらなくなる一冊と言える。難解な単語や言い回しはほとんどなく、極めて平易な英語で書かれており、読み始めたならば、次の展開と真犯人を求め、時が経つのも忘れてストーリーに没頭してしまう。訳出にあたっては整合性を取るのに苦労した箇所もあり、またアリバイに関するやりとりは少々ややこしく、かなり嚙み砕かなければならなかったが、原書を楽しむだけならば、そうした部分や多少のわからない単語、構文は気にせず読み飛ばしても、展開の把握にはほとんど支障がない。物語に引き込まれ、ふと、背後に殺人鬼が立っているのではないかとゾクッと寒気を覚える瞬間にも出くわすかもしれない。ページ数も多くなく、そういうわけで、英語で書かれたミステリ小説の原書に挑戦してみたいと思っている学生やそれ以外の人たちにもお薦めの一冊なのだが、特に名が知られているわけでもないロングの作品の原書を日本で入手するのは困難なのが残念である。原書で味わうことのできる恐怖とスピード感が、日本語に置き換わったことで損なわれていないのをひたすら願っている。

もちろん読者には、これでもかと襲ってくるドキドキハラハラの恐怖とスピード感溢れる作品として楽しんでいただければ、それだけで充分ありがたいのだが、本作品の根底には漆黒の大河が横たわり、その中で底知れぬ激しい流れがうねりくねっているのを感じずにはいられない。初、中級者向けの英語で書かれているにもかかわらず、抱えるテーマは深く、重い。いや、平易な言葉で表現されたわかりやすいストーリーだからこそ、大河の存在がストレートに読み手に伝わるのかもしれない。社会の大河の中でうねりくねる、抗《あらが》うことのできない死刑制度という激流、陪審員制度という激流。思いがけず足を取られてしまったら、流されるに身を任せるしかない。途中で陸地に手を掛け、そこから這い上るのに費やすエネルギーは並大抵のものではない。

訳出作業のさなか、日本国内のある出来事が世間を騒がせ、死刑制度についてメディアで論じられるのを多く目にしたり耳にしたりする時期があった。そこから学んだところによると、二〇二〇年末時点で死刑を廃止、または停止している国は一四四にのぼるという。経済協力開発機構に加盟する三八カ国中で死刑制度があるのは日本とアメリカの一部の州と韓国、しかし韓国では一九九七年以降、執行はない。アメリカでも半数近い州が死刑を廃止、または停止している（国際人権NGO『アムネスティ・インターナショナル日本』の発表より）。そう考えると、中国、イランなど経済協力開発機構非加盟で死刑執行数が桁外れに多い国は別として、日本人はもっとも死刑を身近に感じている国民かもしれない。

本作の舞台は、一九四〇年代（執筆された時期を物語の舞台の時期とみなすならば）のアメリカのペンシルバニア州である。一九三六年から七二年までの間に同州で執行された死刑の数は一〇一件で全米五一州中一一番目の多さだが、一つ前の区切りである一九〇〇年から三五年までの統計に目を向けると、その数四四三、なんと全米第一位だった（ProCon/Encyclopaedia Britannica, Incのウェブサイトより）。人口や犯罪率、人種構成など様々な要素が数字に反映していると思われるので、門外漢があれこれ言うことはできないが、ペンシルバニア州で生まれ育ったロングが若き日々を送った時代、州民にとって死刑は全米でもっとも身近だったことになる（数の差こそかなりあるが、現在の日本人と同様）。ロングは身近にある制度だからと、本作にこのテーマを選んだのか、それともペンシルバニアの状況に目を向けてもらう意図があったのか、答えを知るには至っていない。因みに、同州の死刑執行方法は一九一三年、絞首に代わり、本作で言及されているとおり電気椅子となった。電気椅子が使用された一九一五年から六二年までの間に、その椅子に座ったのは三五〇人。一九九〇年以降は薬物の使用となったが、一九九九年を最後に死刑の執行はない（Death Penalty Information Center のウェブサイトより）。

現在、世界的に死刑制度は廃止、または停止の方向に進んでいるが、死刑制度に絶えずつきまとうのが冤罪の問題である。本作はこの重い課題を抱え、物語が展開する。現在でこそＤＮＡ鑑定といった科学的手法の発達などにより冤罪は減少しているに違いないが、それでも、皆無になることはない。『ナショナルジオグラフィック日本版』二〇二一年三月号によれば、アメリカでは一九七三年以降、執行を待つ死刑囚のうち一八二人について無罪が判明し自由の身になったという。本作執筆当時の冤罪件数はいったいどれほどだっただろうか。考えると背筋が凍りつく。まさにロングが執筆活動をしていたペンシルバニア州では、一九三一年に死刑になった一六歳の黒人少年が、九一年の時を経た二〇二二年に無罪となる出来事もあった（Death Penalty Information Center のウェブサイトより）。本作の登場人物の陪審員の一人は、こんなことを言っている。「あたしらは無実の男を有罪にした。そういう陪審員はあたしらが最初じゃなけりゃ、最後にもならんだろう」（本書四一頁）。冤罪が生じるもっとも多い理由は、証人による嘘の証言と捜査機関による不正だという。日本では今年（二〇二三年）、五七年前に起こった殺人事件の死刑囚の再審開始を東京高裁が決定した。

本作のセリフの中でも何度か触れられているが、死刑囚が執行の日までをどのような精神状態で過ごすのかは想像もできない。本人のみならず、その家族も。冤罪だとしたら、なおさら。冤罪問題に、さらに陪審員制度も絡み、状況は複雑化する。

また、本作の語り手は、おそらく死刑になるであろう犯人の、残された日々を思い遣る。アメリカの裁判において陪審員室に缶詰めにされた陪審員たちが、疲労困憊し苛立ってゆく様子は、一九五七年公開の有名なアメリカ映画『十二人の怒れる男』（*12 Angry Men*）で手に取るようにわかるのではないだろうか。

物語の舞台に目を移そう。本書の冒頭、本編が始まる前に一ページほどの短い文章があるが、これは作者の手によるものでなく、出版社が本作の宣伝のために使用していたものと思われる。当時の宣伝文を入り口に、ページをめくると、そこはペンシルバニア州の雪深い山道である。

酷寒の一月半ば、サウス・マウンテンにある山荘。登場人物の一人ジム・バークが所有している。ペンシルバニア州の地図を見ると、フィラデルフィアから車で二時間半ほどの場所にサウス・マウンテンという地名があるが、作中に、町まで「一五マイル（約二四キロメートル）近く」（本書九六頁）とあり、フィラデルフィア市警察から警官たちがやってくることを考えると、地図上では見つけられなかったが、ここことは異なる市郊外の場所のようだ。狩猟小屋として使用されているこの建物の造りは、一般住宅とは少々違う。本文からわかる限り、正面玄関の扉を開けると、玄関広間などはなく、いきなりラウンジと呼ばれる広い部屋となるらしい。ラウンジには暖炉や長椅子があり、滞在客たちは食前や食後などにこの部屋に集まって談笑し、トランプ遊びに興じる。ラウンジの中には階段があって、二階の寝室へとつながっている。アメリカの寒い地域の国立公園内にある宿泊施設のような内装が思い浮かぶ。木材が剝き出しになった壁からは、仕留めた鹿の首がニョキッと一つか、それ以上突き出ていて、ガラス玉の眼で滞在客たちを見守っているのではないだろうか。寝室のある二階へ行く方法は二通り、ラウンジを経由するか、裏階段を使う。ビリヤードのできる地下の部屋と屋根裏へはラウンジからは直接行くことはできず、ラウンジを出た廊下の先にある裏階段を使わなければならない。裏階段は地下から一階、二階、屋根裏へと続いているようだ。何人かは二人で一つの寝室を使用しており国立公園の宿泊施設ほどは大きくないにしても、管理人も含め一五人近くが滞在しているのだから、充分に大きな山小屋だろう。人里離れ、雪に閉ざされたこの山荘の中で、逃げる手段を奪われ、ギリギリの精神状態に追い詰められた滞在客たちの恐怖の二日間が始まる。

冬の山荘に招待された登場人物たちは待ち受ける運命も知らぬまま、もしも人を殺すとしたらどういう方法を採るか、コーヒーカップを片手に語り合う。一人から一つずつ方法が提案されるが、ミステリファンなら、あの作家の、あの作品の、あの方法と似ているな、と様々に思い浮かぶのではないだろうか。高木彬光、F・W・クロフツ……そして、場面設定はまるで西村京太郎のあの短編……。一風変わった、石鹸を凶器にする方法については、スタンリー・キューブリック監督の一九八七年の映画『フルメタル・ジャケット』(*Full Metal Jacket*)の一場面が思い起こされるかもしれない。今から五年ほど前には実際に、この方法による殺人事件がミシシッピ州の刑務所内で起こっている。因みに、静脈へは、相当量の空気を注入しない限り死に至ることはないらしい。

第四章から第六章にかけては、トランプ遊びのコントラクトブリッジの用語が頻出する。欧米では人気のようだが、日本ではさほど馴染みのない遊びではないだろうか。詳細にルールを説明すると多くのページを割くことになってしまうので、ここでは本作に登場するルールと用語だけをごく簡単に説明しておきたい。まず、コントラクトブリッジは二人一組になって四人で行なう。対面に座った相手がパートナーとなる。プレーヤーは手元に配られた計一三枚の札を順番に一枚ずつテーブル上に出してゆき、勝負する。組札(スペード、クラブ、ハート、ダイヤ)と数字の組み合わせで札の強さが決まっている。四人全員が順番に札を出す一巡のことをトリックと呼び(本書七九頁)、つまり、一ゲームは一三トリック、全一三回の勝負をすることになる。勝負の前に行なわれるのが宣言《ビッド》（本書六三頁、七八頁、七九頁）である。プレーヤーは、どの組札で何トリック勝つかを一人ずつ順番に宣言してゆき、チーム同士で競り合う。本書七八頁ではツー・クラブ（two-club）とビッドされるが、これは〝クラブを切り札にして八トリック勝つ〟という意味である。勝つと見込んだトリック数から六を引いた数字を告げる。競りに勝ったビッドが契約《コントラクト》となり、契約履行者《ディクレアラー》が決まる。ディクレアラーのパートナーはダミー（本書五一頁、六二頁、七一頁）と呼ばれ、手札をテーブルに広げて全員に見せなければならない。多くを省略した、わかりやすいとは言えない説明になってしまったが、お許しいただきたい。

原書を楽しむならば知らない単語や難解な文章は気にせず読み飛ばしてほしいのは先述のとおりだが、本作の訳出作業にあたっては誤植に少々悩まされた。or が of に、her が here に、ten が eleven になっている程度は気づくことができたが、council（評議会などの意）という単語は、「こうした場合に評議会が立ち上がるのだろうか」と再三調べ、悩んだ末に、counsel（弁護士の意）の誤植と判断した。また、辞書で見つからず、何の単語の誤植なのか最後まで正しいスペルのわからなかったものも一つあり、想像で日本語を当てはめた。内容的に重要な箇所で、形容詞の比較級の次に than がある一文では、解釈ができずに数カ月も頭を抱えたが、「これは関係詞 that のまちがいではないか」と、あるとき閃《ひらめ》いた。

訳語の選択についても、お断りしておかなければならない。年嵩の女性の登場人物に「女史」という語を使ったが、これは現在、差別語とみなされ使用されない。また、多くの読者がご存じのように、「看護婦」も使用されない。しかし、時代の雰囲気が少しでも出るのではないかと考え、これらの語を使用した。もう一点、語り手のパトリック・レインは地元の大学の assistant professor をしており「助手」という訳語を当てたが、日本では二〇〇七年四月以降、assistant professor は助教と訳される。しかし、「助教」では現代的な浮いた印象を与えてしまうので、ここでは助手を使用した。アメリカでは、professor（教授）、associate professor（准教授）に次ぐ職階で、学生を教授し敬称も professor である。

〈パトリック・レイン〉シリーズについては、訳者の手元に原書があと二冊、*Murder from the mind* と *The lady is dead* がある。本書を手に取ってくださった方々に、これらの二冊の邦訳にも興味をもっていただければ嬉しい限りです。

本作の邦訳の機会をくださり、訳出にあたっての相談に乗ってくださった論創社の黒田明氏、数あるアメリア・レイノルズ・ロングの作品から本作の訳出を勧めてくださった絵夢恵氏、誤字脱字の指摘のみならず内容の検証の労も取ってくださった柳辰哉氏、『ウィンストン・フラッグの幽霊』に続き、本作品の原書をアメリカで調達してくれた友部敦子氏にお礼を申し上げます。

感染症に対する行動規制が五月より大幅に緩和された。環境が様々に変化していくなかで、変わらず論創海外ミステリに関われたことをありがたく思い、また、本書を手に取ってくださったみなさまに何より感謝申し上げます。

二〇二三年一一月

〔著者〕

パトリック・レイン

アメリア・レイノルズ・ロングの別名義。1904年、アメリカ、ペンシルバニア州生まれ。1930年代より作家活動を始める。52年に "The Round Table Murders" を刊行してからはミステリやSFの執筆活動は行なわず、作詩と教科書編纂に専念。1978年死去。

〔訳者〕

赤星美樹（あかぼし・みき）

明治大学文学部文学科卒業。一般教養書を中心に翻訳協力多数。訳書に『誰もがポオを読んでいた』、『〈羽根ペン〉倶楽部の奇妙な事件』、『ウィンストン・フラッグの幽霊』（いずれも論創社）が、共訳書に『葬儀屋の次の仕事』、『眺海の館』（共に論創社）がある。

もしも誰《だれ》かを殺《ころ》すなら

――論創海外ミステリ　307

2023年12月1日　初版第1刷印刷
2023年12月10日　初版第1刷発行

著　者　パトリック・レイン
訳　者　赤星美樹
装　丁　奥定泰之
発行人　森下紀夫
発行所　論 創 社

〒101-0051 東京都千代田区神田神保町2-23 北井ビル
TEL:03-3264-5254　FAX:03-3264-5232　振替口座 00160-1-155266
WEB:https://www.ronso.co.jp

組版　フレックスアート
印刷・製本　中央精版印刷

ISBN978-4-8460-2295-2